只有你知道

ノウイットオール
あなただけが知っている

[日] 森罗勒——著
胡长炜——译

时代出版传媒股份有限公司
安徽文艺出版社

图书在版编目（CIP）数据

只有你知道 /（日）森罗勒著 ；胡长炜译．-- 合肥 ：安徽文艺出版社，2025. 1. -- ISBN 978-7-5396-8145-0
Ⅰ．I313.85
中国国家版本馆 CIP 数据核字第 2024SL1395 号

引进版权登记号：12242181

只有你知道
ZHIYOU NI ZHIDAO

出 版 人：姚 巍
总 策 划：宏泰恒信　　责任编辑：姚爱云
特约编辑：连 慧　　装帧设计：苏艾设计

出版发行：安徽文艺出版社 www.awpub.com
地　　址：合肥市翡翠路 1118号　邮政编码：230071
营 销 部：（0551）63533889
印　　制：天津鸿彬印刷有限公司（022）22523308

开本：787×1092 1/32　印张：8.25　字数：195千字
版次：2025年 1月第 1版
印次：2025年 1月第 1次印刷
定价：58.00元

目录 contents

第一章 推理小说 侦探青影的现金账本 001

第二章 青春小说 笑果拔群！ 043

第三章 科幻小说 未来贝斯 105

第四章 幻想小说 拉库亚·布雷兹诺与死者的记忆 171

第五章 恋爱小说 恋与病 217

全知视角·只有你知道

第一章

推理小说

侦探青影的现金账本

“告诉我是谁杀了这家伙！”

迎面而来的第一句话无比低沉，仿佛直贯地底。

二〇二三年仅剩最后一周——在这平安夜的深夜十点，映入春崎眼帘的却并非蛋糕、火鸡或是塞进袜子里的礼物盒，而是脸部被毁坏到无法识别的尸体，以及指着尸体语气不善、浑身肌肉虬结的壮汉。

身体不住地微微颤抖，想必是寒气透进了手套的缘故。别说没暖气，这里连窗户都微妙地敞着，深夜的彻骨寒意不断涌入室内。然而，春崎却实在是无法提出“太冷了，请关下窗户”的请求。唯独能断言的是，此时若要乱开腔，还不如直接去投三边川来得痛快。

话又说回来，对方询问的对象也是侦探青影千织，而不是她的助手春崎。

在这紧张的气氛中，侦探青影却淡然如常。她的发型略显怪异，一头黑发右侧三分之一的部分染成了泾渭分明的白色。

面对壮汉的威吓，她毫不畏惧，连头上象征着侦探身份的鸭舌帽也没摘下，只是挂着营业式的微笑问道：“既然是谈生意，那就按规矩来吧。请问您贵姓？”

壮汉撇了撇嘴，显然是不太满意，随即他故作从容地耸了耸肩，用低沉到只有竖起耳朵才听得真切的声音说道：“侦探小姐，我才是委托人。至少你先自己报上名来吧？顺便提一下，我可不会给你名片。毕竟光拿出名片就已经违法了。”

春崎的脑海里瞬间闪过了“暴对法”[1]三个字。

“我也不需要名片。毕竟也不能留下跟指定暴力团打过交道的痕迹。”

青影淡定地回了一句，字里行间满是“谁爱跟黑道打交道，你傻啊”的意思，顿时惊得春崎不由自主地出了身冷汗。

青影并不在意春崎的畏惧之情，继续朗声道：“我是青影千织，经营着一家私人侦探事务所，开业已有八年。顾客第一是我的原则兼信条兼哲学。只要报酬合适，我有自信在绝大部分案件中遵照客户所希望的方式解决问题。”

“自吹自擂谁都会，重要的是能不能拿出切实的成果。”

“容我再次请教，敢问您怎么称呼？”

“鬼木坏斗，四十八岁，绿原组一派，手底下管着‘五缟会’。嗯，死在那里的是鳞形迅。”

介绍得还真是干脆，春崎心中暗道。

随即鬼木的嗓音陡然一沉，喃喃说道：“是我的左膀右臂。”

看他的样子，似乎觉得这些内容就已经足够让人明白现

[1] 暴对法：《关于防止暴力团成员实施不当行为的法律》，简称《暴力团对策法》或《暴对法》。其中规定黑道成员向他人宣称自己黑道的身份即构成胁迫罪。

状了。

“请您节哀顺变。”

“少说场面话。我现在要的，只有犯人的名字。”快要被撑破的西装外套随着鬼木的话语微微颤抖，“这家伙的仇我非报不可，但也不能弄错报仇的对象。所以说侦探老师啊，你得给我把真凶找准咯。”

“的确如此，要是弄错了复仇的对象那就成笑话了。”

见青影一副轻佻的模样，鬼木一脚踹飞身边的垃圾桶，举起了拳头。骤然发出的响声吓得春崎打了一个激灵，全身僵硬。

空中飘来一阵带着夏日清爽感觉的香水味道，惹得鬼木鼻子发痒。凝固的空气狠狠揪住了他的心脏。

“管他是不是笑话。要是找不到真正的凶手好好算个账，鳞形不就死不瞑目了吗？！”

倘若换成附近的小动物，恐怕已经被这滔天的怒气给吓晕过去了，然而青影却依旧不为所动。

“失礼了，是我说话欠考虑。不过，请您不要弄乱现场，刚刚这一下说不定就毁掉了什么线索哦。您也没戴手套，还是请您不要再触碰杀人现场的任何地方了。”

青影毫不畏惧地严正指责，听得春崎只想大声抗议：差不多得了吧，还能再过分点吗？想想对面是什么人吧！别在这煽风点火了……他舔了舔干燥的嘴唇，内心千般许愿：拜托给我㞞一点。他盘算着，待会要是对方气血上头朝着青影杀过来，就别管那么多，赶紧跑。

然而，与他预计的正相反，鬼木立刻收起了拳头。

“……抱歉。”尽管并未低头，但鬼木的确是说出了道歉的话，“我现在该做的是找到凶手，并没有打算妨碍你办事。我这人是急性子，对不住了。”

鬼木对被害者鳞形的事情是如此在意，竟让剑拔弩张的空气意外地带上了一丝沉重。

“那么，青影侦探。”站在鬼木身后静观事态发展的男人开口了，“此次案件，您能接下吗？”

“您就是打电话来的药师寺先生？”

“正是。在下药师寺，是绿原组的组长秘书。听闻您是切缟本地能力最为出众、口风最严的侦探，所以我才冒昧请您来到杀人现场。”

他梳着大背头，戴着银丝边眼镜，一副标准的黑道军师做派，敬语也用得一丝不苟，可以说正好是鬼木的反面。

可即便说话很客气，这个男人也毫无疑问是暴力团的一员。之前还在想谁会在平安夜晚上九点打电话过来，结果他就用一副不由分说的语气在电话里说道：“是杀人事件，现在马上过来。”坚持把青影他们叫到了杀人现场。这绝非正经社会人干得出的事情。而说到这杀人现场，其实是一栋跟河边的拆解工厂建在一起的办公楼，当真是可疑得很。

尸体在办公楼二楼，横躺在进门后左侧的接待用的沙发后方。尸体后脑有一处枪伤，看上去这就是死因，但这具尸体最明显的特征并非这个。

尸体上没有脸。近乎光头的板寸一目了然，没有明显的伤痕，但从额头到下巴的部分仿佛被人用红黑色颜料涂满了一般，已经变成了一团模糊的血肉，甚至无法用脸来辨认尸体的身份。尸体仰面朝天倒在那，脸的位置是一片虚无。相较于被剐成这样或是砍成这样，这张脸更像是被反复击打给砸烂的。

对春崎而言，这并非他第一次遭遇杀人事件。在青影手下作为助手打工以来，他也曾遇到过更为惨烈的事件。不过委托人和被害者都是暴力团成员的情况这还是头一次。

“在决定要不要接下之前，请容我先问几个问题……这起事件，你们还打算报警吗？”

“您应该也清楚，不会。把您叫过来的时候就已经决定了，这起杀人案，我们组里自己来处理。很快组里就要换代，这种关键时期不能给警察留下插手的借口。”

以“不会报警”的回答作为前提的询问方式就已经够让春崎惊讶的了，而鬼木干脆利落的答复更是令他瞪大了双眼。与此同时，他意识到这里窗户大敞的目的，是为了让寒气进来多少减缓一点尸体的腐败速度。

“监控摄像头呢？进入工厂区域的大门和事务所这边应该都有吧？”

“嗯，都开着呢。录像资料自然也会提供。”

“鳞形先生身上带着枪吗？”

“平时自然是不会随身携带的……不过这处事务所里藏着几把枪，从弹痕来看很有可能是用了我们的枪。”

“还是问一下，关于这起事件，我和我的助手应该都负有保密义务吧？”

“那还用说？今天在这里发生的一切都给我好好地带到坟墓里去。”

“我知道了。”

青影闭上眼睛。时间过去了十几秒，除她之外的三人也不知道在等什么。这一阵沉默，可以排到春崎整个人生中最令人窒息的时刻前三名的位置。他隐约察觉到了青影接下来将要报出的金额，越发地感到难以呼吸了。

“一千四百万。”

鬼木和药师寺屏住了呼吸，春崎则长叹了一声。

“自然是日元，不是美元。对了，消费税另算。”

鬼木死死盯着青影，似乎难以分辨她究竟是不是在开玩笑。而药师寺想必是先前有所耳闻，也有一定的心理准备，但还是喃喃自语道：“居然这么贵……”

“费用支付方面，由于是初次合作，原则上应该是现金全款而且是先付款……这次就算特惠吧，事前先付一半，另一半在事情解决后两周内支付即可。对了，必要的经费我会另行送账单过来，回头再向你们确认一下收件地址。”

一连串的条件，似乎让鬼木意识到青影是认真的。他脸上露出一丝苦涩，显然不能接受这个金额。

“……侦探老师，无论如何这也太狮子大开口了吧？你是打算乘人之危吗？再说我们也不像过去那么吃得开了。不，哪怕是巅峰时期也出不起这个价啊。”

“平安夜这种日子的加班、通过侦探技术创造的价值、搜查过程中面临的危险、保密义务，考虑所有因素后就是这个数额。其他内容都可以谈，但一概不接受还价，敬请谅解。”青影要将整个房间看一遍似的转了一圈，随即宣言道。

她的语气很轻快，仿佛在主张“现在这里我说了算”。虽然青影在大部分事件现场都会把这句警告挂在嘴边，但春崎着实没想到她在暴力团成员面前也同样说得那么决绝，不禁汗如雨下。

“这个价都能雇杀手干掉五个人了！”

“要是杀手能找到真凶的话，那请自便。”

鬼木那边似乎传来了咬牙切齿的声音。

“你算老几啊？！”

“春崎助手，你告诉他，我的称号、诨名，还有招牌是什么。”

春崎被迫接过话题，顿时感到心头一紧。指名道姓说到这份上，那是不开口也得开口了。现场一片寂静，压得他更加喘不过气。

“如何用一句话来形容青影千织？”下定决心后，他按照平时青影教的句式开了腔，“那就是侦探界的黑杰克。”

青影配合他的台词，撩了一下自己黑白相间的头发。空气一下子凝固了。春崎暗叹了一口气，这台词无论听多少遍都是土得掉渣，而且也绝对不适合在这种反社会势力面前提啊！也不知青影听没听到他的心声，只见她还特意挺了挺胸脯。

“手段高超，相对的委托费用也很高，这就是我们青影侦探事务所。揪出这起事件的凶手需要一千四百万，干还是不干，这是很简单的二选一。”

“请回吧。”

药师寺指了指入口大门，镜片后的目光冷冽无比，原本就寒气逼人的屋内仿佛被冻得更严实了。虽说是中规中矩的敬语，却也明确传达出了“别小瞧我们”的信息。

“我们组里无论如何也不可能付一千四百万现金给一家侦探事务所。找出杀害鳞形的凶手，这种买卖完全不值这个价钱。话说在前头，我连一百万都不打算花在这上面。”

“哦？没关系吗？要是不找出真正的犯人施加惩罚，还怎么给下面的人做表率呢？毕竟他的死因可不是帮派火并或是别的什么，而是内讧呀。”

鬼木和药师寺脸色一变，表情中混杂着惊讶与警惕。

“你怎么知道是内讧？”

“嗯？你们为什么以为我会不知道？”青影咻的一声蹲下，从待客茶几的下方露出半张脸来，“地毯上还微妙地残留着两个茶杯打翻后的潮湿痕迹，这至少能说明曾有一个值得鳞形倒茶来招待的相关人士来过吧。”

她保持着蹲下的姿势，像只雏鸡一样蹒跚地朝房间深处挪去，直到靠近被抹掉脸部的尸体，春崎的视线也随之转向那边。

“脸已经被完全砸烂了，乍一看容易给人留下死者生前遭遇了残忍拷问的印象。死者的衣服也很凌乱。可是——出血的部位却偏偏只有头部和脸部，身体上基本没有伤口。这边的凳子、盆栽、观赏壶、挂轴等散落一地，我总觉得刻意的痕迹太重，再仔细一看的话，你瞧……”

青影戴上手套，小心翼翼地拿起了滚落到尸体脚边的一幅庄重大气的篆体书法挂轴。定睛一看，只见挂轴下方有一小块飞溅的红黑色血迹，大概一日元硬币大小。

“鳞形先生在头部遭受枪击当场死亡后，脸部被人破坏、剐掉了，不可能是其他顺序。那么，为何脸上的一部分会出现在这个挂轴的下面呢？难道不是因为凶手先将脸部毁掉，再弄乱了现场吗？”

这并非什么惊世骇俗的发言，不过是极为普通的情况讲解。尽管如此，鬼木和药师寺都被青影的阐述吸引了注意力。报出天价委托费的年轻侦探，还有认真倾听侦探讲解的暴力团成员们——这状况说实话是够玄幻的。

不过，这在青影的工作现场属于常态。她的讲述拥有吞噬他人的力量。

“干下这事的，是关系密切到需要倒茶招待的熟人，这些痕迹都是他为了将怀疑对象引到外来人员身上而故意在事后弄乱的。而且房间里还散布着数不胜数的其他线索——综上所述，我认为这是由你们绿原组或是五缟会内部的龃龉所导致的事件。”

“……可是，光靠这些还不足以作为内讧的根据吧？凶手也很有可能是外面的熟人。要说鳞形在切缟市的地下社会也算是人际关系相当广的角色。”

“这种仿佛只是在确认的问法，本身就接近答案了哦。药师寺先生、鬼木先生……恐怕你们已经有凶手是谁的头绪了吧？”

鬼木屏住了呼吸，药师寺则平静地注视着青影的脸。

“再准确一点，应该说是贵组已经有了一些想法，这样才对吧？无论如何，这次我被叫到这里来，我想应该不是为了从不确定的大范围人群中找到凶手，而是为了帮你们确认心中想的那个人究竟是不是凶手，对吧？”

“你为何会这么想？”

“下面就是收费部分了。如果贵方有意进行这笔交易的话，就请在合同上签字吧。”

青影背对着尸体，露出了营业式微笑，而始终保持着从容不迫的药师寺则喘起了粗气。

“适可而止吧！我们不要面子的吗？你再这样漫天要价不知收敛，小心让你跟鳞形一起躺着去。”

为了不构成恐吓罪，威胁的说法被修饰了一番，极尽委婉之意。

春崎似乎已经破罐子破摔，一屁股坐了下去，但青影依然保持着微笑：“那么，就是交易不成立——”

“等等！”

不待青影讲完，鬼木就用眼神和手势制止了她。

“就按你说的办，钱我会付的。所以你可要帮鳞形报仇啊，侦探老师。”

药师寺一听，猛地摇了摇头，脸上满是不可置信的神色：“你没有动用组织资金的权限。绿原组的钱就不用想了，就算是五缟会自己出钱，也不可能在没有绿原的许可下拿出这么大一笔资金。”

头一次听到药师寺用这种语气说话，春崎意识到他的地位似乎比鬼木还要高一些。虽然措辞并不轻慢，但他的声音与表情无疑是面对下面的人才会有的。

“我明白你想要相信东条琉璃也的心情，但请你不要误判了组织容忍你的底线。”

“不用组织的钱，侦探老师的费用我自己来出。”鬼木淡淡地说道。

场面一下子被寂静所笼罩，霎时间，连屋外的废料还是什么东西被寒风吹得哗哗作响的声音都清晰可闻。

“你是打算——”

“干叔，我实在不相信琉璃也会杀害鳞形。鳞形就像我的亲弟弟一样，琉璃也更像我的亲儿子。我敢打包票，就算到天崩地裂那一天，他们也不可能自相残杀，可组里却认为现在就是‘天崩地裂’的时候。这可是明摆着不信任我啊，药师寺叔。”

“这不过是根据事实证据做出的理性判断，凶手不可能是东条琉璃也之外的人。要是动真格的话，现在早就该向所有兄弟和相关组织下达通缉东条的命令了。”

“所以我说，现在就做这种决定还为时过早。发现尸体到现在才两个小时，组里下判断太着急了。”

“非也，不如说太晚了。在我们进行这种无谓讨论的时候，东条正有条不紊地准备出逃——甚至这都算不上是什么正经讨论，不过是你在死缠烂打罢了。”

“我可是——”鬼木把手伸进怀中，握住了一把白木刀鞘的短刀，“向往着‘任侠’二字而进入这个世界的，所以我唯独不想成为一个无法相信部下、无法相信家人的笨蛋！倘若能够保住那家伙的清白，一千四百万连个屁都不算！所以药师寺叔啊……”

鬼木拿着掏出的短刀抵住了自己的左小指。第一关节前方的部分已经消失不见，他对准的是第二关节。

“给我一点时间。要是侦探老师得出的结论是琉璃也干的，那到时候就让我来做个了断。”

“适可而止吧！就算你赌上一根手指，又能怎样呢？”

“你可别误会了，药师寺叔，我要赌的可是这边。”

鬼木松开左小指第二关节上的短刀，又对准了自己的胸口。刀尖抵住了左胸。

“我赌我这条命。请允许我用我这条从十六岁春天算起的，三十二年间将身心全部都献给了绿原组老爹的命，来赌我找准了能够帮鳞形报仇雪恨的对象。”

他朝哑口无言的药师寺行了一礼，壮实的身躯又转向青影。

“侦探老师，接受我的委托吧。合同什么的都按你说的办，相应地——”

鬼木似乎下定了决心，说道：“你也得做出跟我一样的承诺。当然，那边的小哥也是。”

“成交。”

青影脱下手套伸出右手，手指上一枚造型奇特的戒指闪闪发光，看上去价值连城。青影从头到脚都没怎么打扮，这是她唯一戴着的首饰。鬼木也伸出粗壮的手跟她握了握。

“那么，请告诉我这起杀人事件的详情吧。”

青影话音未落，就响起了一声类似于枪声的巨响。四人瞬间摆出防御架势，但看到窗外一朵朵烟花升空绽放，便很快又解除了戒备。虽然大家都没听说平安夜在这附近会有烟火大会，但那并不比眼下的事情更值得关心，因此所有人都默契地没有提这茬。可见此刻已经紧迫到了何种地步。

不过至少现在问题没那么复杂了。由于天价委托费而引发争执，最终惨遭毒手的结局已经避免，接下来只要青影能好好完成作为侦探的任务就万事大吉了。

令春崎自己都惊讶的是，他感到身体的颤抖减少了许多，冷汗也消失了一大半。将这条命赌在青影的推理上——倘若如此，那就没什么好怕的了。

青影是全日本开价最高的侦探，春崎比任何人都清楚这个事实。他也同样深知，从未有任何一名委托人在事件解决后，对青影表示过抱怨或不满。

*

青影不断向鬼木提问，时不时由药师寺进行补充，就这样，事件的大致经过明朗了起来。药师寺似乎被鬼木的热血所感染，在一旁知无不言。

根据时间线整理完监控摄像头拍下的内容以及鬼木、药师寺的证词后，可以发现本次事件的关键点其实很简单。

首先回顾一下背景。绿原组是以切缟市作为活动据点的暴力团，五缟会则是其直属组织。鬼木是五缟会的会长，而鳞形是少当家——按地位排序的话，也就是二号人物。

鬼木今年四十八岁，鳞形四十五岁。两人年龄只差了三岁，但加入黑道的经历却截然不同。鬼木是初中一毕业就跨进了绿原组事务所的大门，属于黑道中的老资历，从住在组里做杂活的喽啰干起，赤手空拳一步步打拼到了今天的地位。而鳞形则是年过三十岁才投身地下社会的“中途下海”型黑道中人，要说的话，应该算那种靠黑灰色产业牟利的类型。

五缟会位于麻衣町东面，事务所设在奏峰一番街上。但鳞形似乎更喜欢这处拆解工厂的氛围，经常借用这里的事务所来开展各种商谈。

鳞形今天来到这处事务所，是在下午六点半，监控摄像头拍到了他从正门进入院内的身影。数分钟后，他又分别被安装在事务所一楼入口及二楼接待室入口处的摄像头拍到。此外一直回溯到两天前的傍晚，鳞形顺路来这边待了几个小时的时间点为止，似乎都没有其他的来访人员。据说这是将录像分派给组里的小弟们一起确认后的结果。

说得极端一些，鳞形的长相有点像蜥蜴。他的头发被剃得只剩上面的一点，即便已经面目模糊，仿佛也能看到那对眼珠子骨碌碌乱转的模样。明明是寒冬腊月，他身上那件花衬衫却大敞着领口，外面草草披着一件棒球外套。硬要说的话，相较于被肌肉和脂肪撑得满满当当的鬼木，他看上去更像是药师寺那一类人物。

鳞形来到事务所十分钟后，又有另一个男人从正门走了进来。他那一头染得十分彻底的金发给人留下了深刻的第一印象，五官的线条也十分鲜明，丝毫不输发型，看上去也算是个堂堂的美男子。这人进入房间后立刻行了一礼，一副彬彬有礼的模样，但身上却穿着一套紫色运动服，很是随意。他就是东条琉璃也——五缟会的小弟之一，被认为是凶手的男人，今年三十岁。

琉璃也似乎没有绕道，直接就进了事务所。而接待室的摄像头说到底不过是为了监控人员出入房间的情况，所以并没有拍到房间内的景象，提供不了更多信息。

鳞形和琉璃也进入房间后，一时间镜头中的内容再也没有发生过变化，然而三十分钟后监控画面却戛然而止，完全没有之后的数据，似乎是摄像头的电源在那时被断掉了。拜此所赐，琉璃也离开的时间和当时的情况已经成了谜。监控摄像头的开关在接待室靠里的位置，经常来这边的人应该都知道操作方法。

本来鬼木和鳞形约在奏峰一番街的“诺克斯”俱乐部商议事务兼举办年会，但鳞形过了约定时间还迟迟不出现，电话也打不通。于是鬼木就按照应急用定位软件的指示来到了拆解工厂的事务所，并在这里发现了尸体。当时是晚上八点钟左右。

虽说尸体的第一发现者是鬼木，但其实当时药师寺也在旁边。据说药师寺是收到了琉璃也发来的一条“有要事相谈”的短信，于是也赶来拆解工厂的事务所打算听听究竟是什么事。鬼木在工厂大门口正巧碰见药师寺，然后两人一同进入事务所，便发现了鳞形的尸体。

鬼木和药师寺都是混迹于地下社会的角色，即便目睹身边的人死亡，甚至显然是死于他人的枪击，而且脸部被毁凄惨无比，他们还是冷静而低调地采取了行动。两人当即查看了监控，并确认最后的来访者是琉璃也。

鬼木是在这时失去冷静的。药师寺当场向绿原组汇报了鳞形的死讯，并表示凶手是琉璃也的可能性极高。鬼木在一旁听罢，便劝说药师寺撤回汇报内容，理由是琉璃也绝不会做这种事啦、很有可能是被陷害的啦、应该先仔细调查清楚啦之类的。

药师寺原本还不太情愿，可终究还是败给了鬼木声泪俱下的恳求，而做出妥协，前提条件是受托方必须由绿原组来决定。

最终，考虑到当地只有青影侦探事务所的手段最为高超，口风也很严，再加上以前跟绿原组的相关组织也有过合作实绩，所以就把青影他们叫了过来——事件的来龙去脉大致就是这样。

“关键在于，药师寺先生怀疑这是东条琉璃也犯下的凶案，而鬼木先生则认为真凶另有其人，对吧？”青影问道。

“这不是我个人的看法，而是组织做出的判断。”药师寺明确地说道，言语间能听出他始终不愿被青影掌控节奏的意思。

青影微微颔首，不再纠结这个话题。

“无论如何，我认为眼下的第一要务是找到东条琉璃也的下落，并向他询问情况。你们还没找到他吗？”

“我们仔细确认过琉璃也的手机定位，但上面却显示他并未离开这处事务所，恐怕手机是被遗弃在这个房间的什么地方了……就是陷害琉璃也的那个人干的。”

鬼木展示了自己手机里的画面。如他所言，代表琉璃也的黄色大头针正扎在拆解工厂的位置。

“啊，这么说来，难不成这个就是东条琉璃也的手机？”

青影重新戴好手套，掏出了一台套在粗犷黄色手机壳里的苹果手机。手机的款式出乎意料地老旧——恐怕还是苹果 8 那几款仍带着“Home”键的机型，待机画面是一张日本刀的照片。

鬼木看到后倒吸了一口气，说道：“这个手机壳还有待机画面，这就是琉璃也的……你从哪里找到的？”

“就在沙发坐垫跟靠背之间的缝隙里啊。我总觉得坐垫翘得有点不太自然，就想是不是下面有什么东西。”

青影这种强大的观察能力可以说无人能出其右。

鬼木从她手中接过手机，粗大的手指好几次输入密码试图解锁，可全都以失败告终。

“这是组里配发的工作用手机，我也不知道密码。”

“那你知道他的私人手机号码吗？”青影问道。

“那肯定。我一直在拨，但都没人接。”

“关于琉璃也的去向，你有什么头绪吗？”青影又问。

“那家伙在麻衣町这一带只认识组里的人，毕竟他是来自静冈。”

“假如他要逃跑，那肯定也是回老家静冈。我印象中他没有潜逃海外的路子，早晚会被我们抓到。不过我不想浪费太多资源在这上面，最好趁他还在本地的时候就逮到他。”药师寺跟着说道。

眼见药师寺还是一副坚持视琉璃也为凶手的态度，鬼木的肩膀有些颤抖。可以看出，他虽然无法对药师寺拔刀相向，但也无法当没听到这句话。

果然，本家干部兼组长秘书的身份立场似乎是绝对的。虽然鬼木的年龄更大，两人交谈的方式看似也近乎对等，但他的言行之间依稀透露出了一丝面对药师寺的紧张感。

“话说回来，琉璃也是以怎样的契机加入五缟会的呢？”青影检查着尸体，随口闲聊似的问了一句。

话音未落，鬼木就接茬道：“那家伙从十五岁起就三番五次离家出走，从静冈偷偷溜到东京。一开始是坐夜行巴士去东京，然后被带回家，反复几次后他又嫌巴士老堵车晚点，便开始坐起了小田急线的慢车。正好那阵子我也有些生意要往返东京和静冈，偶然间就碰到了他。”

“在电车上？其他的乘客不会很在意吗？”

“一开始是他找我搭话，毕竟我这模样还是挺醒目的。他上来就问我‘你是相扑力士吗’，‘你很厉害吗’。很有意思的家伙对吧，所以当时我回答他‘虽然我不是相扑力士，但比相扑力士还厉害’。”

“的确，相较于普通的相扑力士，鬼木先生在体重、体积和面积上都更占优势。”

“那家伙一直在寻找能够逃离父亲的法子。不过他也不是经常挨揍，倒不如说是他父亲太过看重对他的教育了。每当有数学方程式或者函数之类的问题答不出来，他就会被父亲用钓竿或是球棒殴打，脑袋被打破也不是一次两次。那家伙一直在逃离父亲，探寻自己的生存之道，于是我就把他带进组了。”

鬼木仿佛在讲一个十分感人的故事，目光一直朝着远方。但春崎却觉得兴致缺乏，只在心中暗道：“真的会有这样的父亲吗？”当然，他并未将这感想说出口，而是继续保持着沉默。

“这么说，琉璃也应该是十分敬仰鬼木先生咯？”青影继续问道。

“正是。我既没老婆也没小孩，因此我待他就像是亲生儿子一样。再说他也是我拉入伙的第一个人。”

“鳞形和琉璃也，鬼木先生更喜欢哪个呢？”

听到青影的问题，鬼木的脸色瞬间一黑。

“你这是什么意思？”

“字面意思啦。直属部下兼鬼木先生的左膀右臂、五缟会的二把手鳞形，还有与亲生儿子无异的小弟琉璃也。我在想假如是两人意见相左，分道扬镳的时候，鬼木先生究竟会支持哪一边呢？”

“为什么非得做这种没有意义的假设不可？”

“我就是好奇嘛。”

“五缟会是无比团结的整体，不存在支持哪一边的问题。话说回来，虽然不及我的程度，但鳞形也十分疼爱琉璃也。把他从干杂活的底层提拔上来的人，其实是鳞形而不是我。那家伙很看重琉璃也，一直把他带在身边；而琉璃也同样很仰慕鳞形，不可能会杀了他。”

“是这样啊。”

与鬼木的亢奋相反，青影不咸不淡地继续着手上的调查工作。

*

“来——也说说你的想法，春崎助手。”

“我觉得青影小姐在说话做事之前应该多考虑一下对方的

身份。”

青影转过身来，无领大衣随着她飞舞起来。倘若无视黑暗的背景中隐约可见的废料山和吊车，这画面还挺美的。

完成事务所内的调查后，青影又提出了为慎重起见希望调查一下大院的要求。虽然用的借口是确认是否存在正门之外的出入方式，但其实是为了争取一些时间，和春崎共同整理事件的内容。鬼木和药师寺此时则在事务所一边抽烟一边阅读青影递交的合同。

“你生什么气嘛？”

“请不要明知故问。说真的，我都不知道自己究竟快被吓尿多少次了。就算你再不惜命，也不能用那种目中无人的态度去跟暴力团成员打交道吧！”

“你这就错了，春崎君。对于像他们这样的地下人士，倘若不采取恰到好处的沟通方式，既不轻视他们，也不被他们轻视，那么立刻就会被对方乘虚而入。必须要坚定地保持毅然决然的态度才行，假如流露出一丝犹豫或软弱，被他们找到突破口的话，那合同必然是签不成的。”

“虽然合同是给出去了，但现在凶手也只可能是琉璃也，压根就没多少侦探介入的余地吧？现在你打算怎么办？”

“哦？你是这么想的吗？让我听听看嘛，春崎助手的推理。”

“什么推不推理的，监控拍到的只有琉璃也，就是他了吧？”

“那就先假定不是琉璃也吧。如果凶手不是他，那你觉得还会有谁呢？要是监控的情况能说得过去的话。”

“假定‘监控的情况能说得过去’是没有意义的。那个房间只有一扇门能出入，也找不到有人从窗户进入的痕迹，留给侦探来解决的谜团是一个都没有。有空在这种事情上浪费精力，还不如来帮我弄下毕业论文。还记得吗？之前一直在说的尸体被抽掉骨头的案件，从二〇〇四年开始就一直没停过。”

“你就是像这样把思维局限在一个小箱子里面，人生才过得那么无趣。好啦，听我的，想一想凶手如果不是琉璃也的话，还会是谁？”

毕业论文的事情被彻底无视了。春崎叹了叹气，还是不情不愿地道出了自己的想法：

“如果无视所有的现状和证据的话，我觉得凶手应该是鬼木。”

“哦？”青影嬉皮笑脸地摊开了双手，示意春崎快接着说下去。

“呃，倒也没有什么根据或是理论，纯粹是看人……或者说是直觉罢了。你不觉得，鬼木像是在撒谎吗？特别是他说鳞形是自己的左膀右臂那会儿。明明左膀右臂死了，却很难让人感到他有多悲伤，几个关键的地方都有一种在表演的感觉。”

“咻——”青影吹了个口哨。

“你看似心不在焉的，其实果然还是在观察别人的表情和话语呢。”

“还远远比不过你就是了。”

“所以说你要利用观察力的优势多去想想嘛。”

“不，虽然我觉得鬼木可疑，但要说凶手的话，我认为还是琉璃也，依据是监控。以上就是全部……除此之外我没有别的想法。”

青影默默地盯着春崎，她乱蓬蓬的头发被寒风吹起，变得越发凌乱。她脸上的微笑依旧，然而眼底深处却闪烁着挑衅的光芒。

“啊？难道琉璃也真的不是凶手吗？”春崎不可思议地道。

只见青影抿着嘴恶作剧似的说道：“你猜！”春崎这下确信了，每当她露出这种表情，就意味着答案是肯定的。

“我是觉得凶手怎么看都只可能是琉璃也，问题的关键反而是怎样让鬼木接受这一事实。我只能说，这起案件并没有你想象得那么简单哦。”

“这么说来，你已经解开谜题了？”

“那是自然。”

春崎满脸无奈地叹了口气：“既然如此，那就赶紧把真相告诉鬼木，然后回去吧。”

“真相是知道了，但我头疼的是怎么把它说出来。”青影双手抱头，做出一副浮夸的模样，“老实说，事件本身我是彻底搞清楚了，但就是完全提不起劲来。按理说这次事件属于那种需要按顺序将来龙去脉一一道来的类型，可我就是懒得去考虑什么说明顺序或是阐述技巧。”

然而在以往，青影一赶到现场就会立马切换成侦探模式，颐指气使地下达指示、开展调查、进行询问，一向是高调得很。而当发现真相之后，又会比任何推理小说中的侦探更加兴奋地展示自己的推理。

“真是太阳打西边出来了，麻烦你提一提兴致。”

“春崎你看今年的M-1[1]了吗？”

话题转换得过于生硬了。尽管青影经常来这一出，但每次还是

[1] M-1：日本著名的漫才大赛。漫才是日本的一种站台喜剧形式，类似于中国的对口相声。

会让人不知如何接话。漫才比赛跟现在的话题有半毛钱关系吗？

“呃，M-1 大会不就是今天吗？这时候差不多也快要结束了吧。拜你所赐我也被带到这个诡异的拆解工厂，现在是想看也看不成了。”

“是啊，看不成啦！”青影咬牙切齿，一副下一秒就要找个人发泄的语气，“说起来，我有个超喜欢的高中生男女漫才组合，是好朋友介绍给我的。两个人都很有意思，而且就住在切缟市，在商业街那些地方还搞过路演。我是真希望他们能坚持下去，虽然之前已经知道他们撑到了半决赛，不过再后面的我就不敢看了。为了屏蔽掉信息来源，这阵子我甚至都卸载掉了手机上所有的社交和新闻应用软件。”

“哦？高中生就闯进了半决赛，挺厉害嘛。真是天才。”

青影听罢却勃然大怒，说道：“少在这不懂装懂！那两人可是靠着非人的努力才走到了今天这一步……当然这也是我的臆测。反正用轻巧的两个字‘天才’来归纳别人的成就，这种行为我决不允许！”

“呃。”春崎也不知说什么才好。

“总之，我原本是打算等今天决赛的时候再看结果，可要是看了节目，不就知道了我追的那个组合究竟有没有闯入决赛吗？又想看又不敢看……我正在电视机前郁闷的时候，委托电话就来了，于是我想着干脆借此机会远离电视，就跑到了这个鬼地方来。可一旦真离开电视了，心里头却又痒得不行。看不到实时结果实在是太难熬了，根本就没心思去思考别的事。而且我也不想来一场完全没有推理动力的推理秀，只想着赶紧回去看录像才好。”

意料之外的情绪扑面而来，春崎不免有些退缩。

“推特上应该已经有消息了吧？”

“我想好好欣赏漫才表演的内容嘛。”

“话说，要是在半决赛败下阵来的话，今天白天不是应该在打复活赛吗？我记得研讨会那些家伙提过一嘴。”

“是哦，的确如此。要是在准决赛就输了的话，现在还有必要追实时消息吗……果然还是不该闹别扭，一路追过来就好了……唉，我是觉得他们铁定会赢，可剩下来的对手也全非泛泛之辈，到底会怎样呢？”

“别管什么漫才了，麻烦先想想怎么把真相说出来吧。虽然漫才大会的结果已经注定，但揪出这起事件的凶手还是可以做到的。你不是侦探吗？”

“……无法反驳。”

“研讨会那些家伙说过会把决赛和复活赛都录下来，到时候再跟他们借硬盘吧。总之现在还请收收神，专心把一千四百万拿到手，赶紧回去。”

“是哦，我就是为了让自己强行打起精神，才报出去的一千四百万。”

春崎停下脚步。

“我说怎么会贵得那么反常，原来竟是因为这个……”

“哎呀，我也没办法嘛。说实话这次的推理本身还挺简单的，我原想着差不多半价就行了，可就是打不起精神呀。我看鬼木他一副单身的模样，混得也还不错，却没怎么花心思在手表、衣服上面，想必是身家丰厚。为了让自己有干劲，我就试着报了两倍的价，没想到居然轻松通过了。”

“拜托你长点心吧！要是因此遭了黑手那可就完了，哪有为了这种荒谬的理由而在黑社会面前漫天要价的啊？！”

春崎一时间忘了上下级和雇佣关系，絮絮叨叨起来。

青影将胳膊抱在腹部，扭捏作态的同时嘴里说着抱歉，一副刻意为之的反省姿势——显然是在糊弄春崎。

“算了，既然你都说了自己的看法当参考，那我也拿出点干劲吧。”

伴随着轻快话语的是一个大大的懒腰。青影眼中流露出认真的神情，这是即将奔赴战场的神情。

“要加油咯，干的活儿也得配得上这一千四百万才行呀。”

青影虔诚地摩挲着食指上的戒指说道。

*

“我已经凭借侦探的本事揪出了凶手。”

青影开口就是一鸣惊人。药师寺和鬼木闻言脸色大变。

“对了，合同我就先收起来了。顺便说一下，我去外面的栅栏那边看了一圈，果然从正门之外的地方进来还是太难了。栅栏上既没有洞也没有缺口，要翻过来的话上面还有严严实实的铁丝网挡着。原本这方面也没有太大疑点，姑且还是确认了一下。”

实际上青影嫌转一圈太麻烦，随随便便看了看就折返回来了，不过这就没什么好提的了。她从鬼木手中接过合同，查看了一下内容后就收进了包里。

“首先，之前也提到过，此次案件的关键在于是或否的判断——即东条琉璃也究竟是不是凶手。提出委托的鬼木先生最在意的便是这个问题，而倘若答案为否，则我的任务是找到琉璃也之外的真凶。以上没有问题吧？”

“真是啰唆，赶紧说结论。”

鬼木催促着，声音中明显透着焦躁。

不过，青影只是泰然自若地摆了摆手指，一副了然于心的侦探做派。

“要搞清这起事件，必须详细整理并理解事件的前提。说实话，我也尚未完全把握这起事件的背景，作案动机也不甚明确。不过，关于凶手的情况我已尽在掌握，这点还请放心。”

时钟已经走到了深夜十一点，从窗外吹进室内的凛冽寒风毫不留情地夺去身体的热量。然而在旁人眼中，鬼木身上仿佛不知从何处升起了莫名的热气，令他壮硕的身体颤抖不已。

“你要是明白了，就回答我，琉璃也是凶手吗？”

“不，他并非凶手。”

鬼木一下子握紧了拳头，甚至连骨骼摩擦的声音都清晰可闻。他点了点头，示意赶紧说下去。

而与之相对地，药师寺则发出了抗议：“依据是什么？丑话说在前头，侦探小姐，如果要跟组里唱反调，没有相应的道理跟必死的决心可是不成的。”

“那是自然，真凶和判断依据我会一起讲解。为了让终端那头的各位绿原组成员也能听明白，我会讲得仔细一点。”

鬼木神情一滞，转而看向药师寺；而药师寺则不为之所动，犹豫了一瞬间后，就拿出了便携终端摆在接待桌上。设备上亮着灯，大概是表示目前正在连接的意思。

“怎么，有问题吗？”

这话像是对青影说的，又像是对鬼木说的。不管怎样，从药师寺的动作就可以看出，他并不觉得自己的行为有任何需要责备的地方。

“我就那么不值得信任吗？！”

鬼木脱口而出，语气中相较于愤怒，更多的是遗憾与震惊。

“我在力量上远不如你，所以行动时必须考虑到在这里被你封口的可能性。这是我的行事原则。”

“我封你的口？开玩笑也适可而止吧！我跟绿原大哥可是喝过拜把子酒的兄弟，当时还是我自己提出的让五厘[1]，药师寺你应该也还记得吧？正如我信任自己的部下一般，我也绝不会忘记绿原组的恩义。”

鬼木说话时，那张圆脸扭曲地皱成了一团。虽然春崎并不清楚那些黑道用语的含义，但那张脸蕴含的情感似乎已经传达到了药师寺那里，只见他脸色难看地把头别了过去。与满脸凶相相比，泪流满面的壮汉又另有一番压迫力。

“好了，既然听众都就位了，现在开始吧。”

听到青影的宣言，药师寺将无线耳机戴在了耳朵上，这恐怕是为了接收组里的指示。而他毫不避讳的动作仿佛也在暗示，倘若青影胡言乱语的话，他立马就会动手。

春崎相信青影再怎么样也不至于捅出娄子，但说他丝毫不紧张也是假的。说到底，青影也没有事先告诉他真相，在她看来，故弄玄虚可是侦探的基本素养。

“那么，下面我就来整理这起事件的来龙去脉。从监控的画

[1] 让五厘：黑道中喝拜把子酒有很多讲究，不同的斟酒比例代表着兄弟双方的地位差别。让五厘即五分五厘对四分五厘，双方地位相近，但出现冲突时四分五厘的一方往往会退让一步。

面中可以确认，今天晚上六点半左右，鳞形来到了这间接待室，接着十分钟后琉璃也进来了，而鳞形的尸体也是在这间房间里发现的。而以药师寺先生为首的绿原组诸多成员，都认为琉璃也有重大的作案嫌疑，但光凭这些信息似乎还无法对其盖棺定论。如果能避开入口处的摄像头潜入室内的话，任何人都有犯罪的可能性。”

“这话说不通吧？摄像头可以拍到整个大门，而且也没有从窗户潜入室内的痕迹。当然，如果有从一楼通到这里的暗道的话……然而实际上并没有这种设计。”

面对鬼木的质疑，青影微微颔首，仿佛在感谢他提出了一个方便自己继续讲解下去的由头。

“当然，我也很清楚并没有其他的潜入路线。可是，我们其实并没有看完全部的监控录像。我看到的只是从晚上六点开始的影像，而组里的小弟们确认过的部分，也不过是追溯到两天前鳞形顺路来到这里的时间为止。”

“难道你想说凶手在两天前就进入了房间，然后一直潜伏在这儿吗？”

药师寺在一旁不耐烦地冷嘲热讽，话里的意思很清楚：少给我来些无聊的推理。

“我不过是希望您能理解，我的本职就是考虑一切可能性的存在，这也只是例行确认而已。当然，潜伏假设并不成立。我姑且检查了一番接待室，并未发现有人在此躲藏了三天的痕迹。而且厕所也只有一楼才有，所以这里并没有适合藏身的地方。”

“废话少说，直接上结论。”

说实话，其实春崎心里也很赞同药师寺不耐烦的催促。别故弄玄虚了，赶紧说正经的吧！

“排除其他的可能性，是为了让我的推理更容易被接受，这是不可或缺的流程。不过今天是平安夜，宝贵的时间也不能随便浪费，那我就长话短说了。假设潜伏不成立的话，凶手当真还是琉璃也吗？可我怎么也无法接受这个结论。我并没有被鬼木先生的强烈主张说服，也无法接受认定琉璃也就是真凶的推理过程。进入房间的只有琉璃也，所以琉璃也就是凶手，但果真如此吗？”

青影“唰”地竖起一根手指，停顿了一下，仿佛补习班的老师在示意大家，接下来就是重点了哦。

“我在这里先要说一句，‘除了琉璃也没有其他进入房间的人’的这个前提原本就存在问题。进入房间的有两个人，除了琉璃也还有一人。”

“难道，你想说的是——”

药师寺一改之前的不耐烦，脸色铁青地瞥向青影。鬼木也满脸严肃，等着青影说出那个答案。

青影举起手臂，又狠狠挥下。

“凶手，就是鳞形！”

伴随着高昂的宣言，青影挥下的手指并未指向任何人，而是收了起来。凶手此时并不在现场。

“再附加一句吧——被害者，是琉璃也。”这次她指向了尸体，断言道。

“说实话，在我见到尸体脸部情况的瞬间，这个推理就浮现在了我的脑海里。我甚至都在想，鬼木先生和药师寺先生是不是也发现了这一点。一具‘没有脸的尸体’倒在这里，怀疑是移花接木的可能性简直是理所当然中的理所当然。如果有一本侦探准则的话，这肯定是会写在头五页的内容，属于最基础的范畴。不过，两位平时见惯了鳞形和琉璃也的样子，倒也难怪会被误导。”

移花接木——凶手成了被害者，而被害者则成了凶手。这种手法甚至可谓古典，但在鬼木和药师寺眼中，却是令人无比震惊。

“这怎么可能呢？那怎么看都是鳞形吧？”

“就是，居然说什么移花接木……你有什么根据？”

对面无法接受的两人，青影脸上依然保持着微笑，就差对他们说“你们先别害怕”了。

“以摄像头中拍到的大门为基准来看，可以确认鳞形和琉璃也的身高是差不多的。虽然两人穿衣风格跟长相大相径庭，但反过来说，只要把脸毁掉再交换衣物，就有很大的可能误导其他人。”

青影啪嗒啪嗒地走到尸体旁蹲下，捡起了什么东西。

“这里有一缕金发，之前我没敢动。这恐怕是凶手善后时遗落下来的。”

青影用手指捏着一撮金色头发——怎么看都属于琉璃也。鬼木发出了低沉的吼声，整个房间仿佛都震了起来。

“一开始我就注意到了，明明尸体脖子下方没有伤痕，可身上的衣服却显得格外凌乱。你们瞧这边。”

青影解开了尸体身上花衬衫的第一颗和第二颗纽扣，又将下面穿着的黑色保暖衣翻了过来。鬼木和药师寺相视一眼，朝尸体靠了过来。

“黑色的衣服比较难分辨，不过看这里，是不是有一道若隐若现的血迹？T 恤外面沾到血迹还可以理解，但靠皮肤一侧的血迹就明显不对劲了，毕竟尸体躯干上并没有任何伤口。”

“难道，这是头上的血……”

“没错。恐怕凶手是先枪杀了受害者后，再用塑料袋或是什么别的东西包住尸体头部，脱掉原本的衣服之后才换上了这一身。当然，换掉的不只是衬衫，还有贴身保暖衣。这血迹或许就是塑料袋没包好才流出来的——总之，血迹沾染到这里，一定是有某种缘由。”

鬼木铁青着脸，药师寺脸上更是看不到半分血色。

“总结一下就是这样：鳞形将琉璃也叫到这处事务所，然后让琉璃也给药师寺发送了商谈的短信之后，便朝琉璃也头部开枪杀害了他。然后，他交换了自己和琉璃也的衣物，剃掉尸体的头发，又把脸殴打到谁都认不出来。接着，他把房间内弄乱，伪装成外来者作案，关掉监控摄像头的电源后，便大大方方地离开了。作为凶器的手枪、殴打用的钝器和琉璃也的头发等证据恐怕都已经被带走丢进附近的三边川了吧。”

青影说到这便适时而止，来回打量着沉默无言的鬼木和药师寺。春崎想起来她以前曾经说过，给对方留出消化推理的时间也是侦探的体贴之处。

“看来大家都急着想听下去呢。”确定两人没有提出问题或建议的意思后，青影笑了笑，又继续接上了话头，“我从一开始就觉得监控摄像头有古怪。晚上七点之后就没有录像了，虽然最终的结论是因为电源被关掉，但这一点也很奇怪。倘若凶手真是琉璃也，与其关掉监控摄像头的电源，直接删掉监控里的所有录像数据不更好吗？这样一来，就会出现凶手是外部人士的无数种可能性，自然也不会有凶手是否就是琉璃也的单选题。既然知道摄像头的开关在什么地方，那么也应该清楚数据的保存位置和删除方法吧？”

要说的话，这里可是暴力团的事务所。如果有确认摄像头录像的机会的话，删除数据的机会应该也很多才对。所以正如青影所说，删掉所有的数据才是最佳选项。

“为了让移花接木的把戏成立，第一步必须要把‘受害者是鳞形’这件事坐实，而且还要明确凶手的疑似对象。通过让摄像头拍到自己想要顶替的人，就能给调查者留下被害者是鳞形、凶手是琉璃也的第一印象，同时将怀疑的目标引向琉璃也，也能让组织将追凶的精力全部放在实际已不在人世的他的身上。为了达到这个目的，就必须保留拍到琉璃也进入房间的录像。”

青影没有停顿，讲述得越来越顺畅，牢牢地抓住了听众的注意力。

“他特意让琉璃也叫药师寺过来，只怕也是为了加深先入为主的印象。要是除了本组织的鬼木先生之外，连上级组织的干部药师寺都目击了现场的话，就能进一步坐实自己的死亡，并把琉璃也推到凶手的位子上。他或许也猜想到鬼木先生会包庇琉璃也，才特意调整了计划让两位一起发现尸体，而由不同立场的两个人经过讨论后得出的结论也会更加牢固。恐怕他已经预计到，无论鬼木先生有多么重情重义，只要有铁证如山的录像，组里就会把琉璃也当成凶手展开追捕。”

本应冰冷彻骨的空气似乎也带上了一丝温度，仿佛随着青影的讲述，鬼木的体温也逐渐充斥在了房间里一般。

“以上便是我的全部推理，下面进入答疑时间。对了，一开始我就说过，凶手的动机暂时不明。或许是鳞形跟琉璃也有什么矛盾冲突，也可能是有其他原因。关于这一点，只能先抓到鳞形再去问他本人了。要是不尽快把搜索方向转到鳞形身上，搞不好他都已经去整容了哦。”

“……你没有证据吧？”药师寺已经完全抛弃了之前彬彬有礼的语气，“竟然说什么移花接木，这才是牵强附会吧？我绝不会接受这种说法。”

“……药师寺说得对。死的是琉璃也，而凶手居然是鳞形？这太让人难以置信了。”

“我明白了。说实话，虽然我刚才的推理挺像那么回事，但确实缺乏可靠的证据——不过，我也找到了确认的方法。”

青影说着朝接待桌上一指。摆在桌上的，有药师寺的通信终端——还有琉璃也的手机。

“琉璃也的手机是苹果8——带有指纹解锁的那款对吧？鬼木先生，借用一下尸体的手指。”

呆滞的鬼木被青影轻轻推了推后背，这才回过神来，拿起了桌上的手机。他心神不宁，连手套也忘记戴了，但青影这次没责备他。

鬼木缓缓拿起尸体的手指，放在了手机上面，所有人仿佛都听见了自己咽口水的声音。他很快站起身回过头来，用颤抖的手展示出了手机画面。锁屏已经解除了，显示的是系统桌面。

鬼木又操作了一番，似乎想要确认手机中留下的信息。

他恐怕是打算通过短信和照片的内容来确认这是否真的是琉璃也的手机——同时还在心中祈祷着最好不是。

然而，鬼木的祈祷似乎并没有起到作用，他突然膝盖一软，跪了下去。

“琉璃也，为什么是你……为什么死的是你啊？！”

沉闷的啜泣声在事务所内回响，药师寺也苦着一张脸呆立在原地。至于春崎，自然也是没什么好说的。

在这凝固的气氛中，青影收拾好东西，抛下了最后一句话：“以上便是我的所有推理。鬼木先生，之前我说的是先结一半款项，不过既然事件已经得到解决，那么就按事后全款来结算也无妨，还请处理好税务问题后将费用转到指定账户上。”

*

事件发生也就是平安夜的三天后，春崎又来青影的事务所露了个脸。这次是为了把说好带来的录像硬盘带过来。这三天里春崎被疯狂催促，手机里甚至还有三十七通未接来电，但他不知怎么的就是不想去，一直没有松口。

然而从最新的电话留言来看，再这么下去青影很可能会直接闯到家里来，所以他只好挪动沉重的双腿，将从研讨会的伙伴们那里借到的硬盘带来了事务所。

“跟你说，我可是望眼欲穿了。这三天里，为了保持对 M-1 的新鲜感，我都屏蔽掉了所有的 SNS、网络新闻、电视和广播……嗯？怎么了？感觉你愁眉苦脸的。”

青影侦探事务所的办公环境与其营业额相反，可以说相当寒酸。鲤墨商店街北侧某栋住宅公寓（没有电梯）的四楼，一间不到四十平方米的房间就是事务所了。家具只有一张古旧的沙发和一张玻璃桌，还有青影专用的办公桌，桌上只有一台笔记本电脑。整个事务所连一台显示器都没有。

青影现在完全是休业模式，身穿一件运动服，戴着眼镜，一脸素颜。就连刘海也用橡皮筋扎成了朝天髻，黑发白发混在一起，活像个毛笔头。

“不，没什么。话说，你能不能别再用橡皮筋绑头发了？又不是没钱。”

“我用什么扎头发也不关你的事吧？”

“你这样可是交不到男朋友的。”

“男朋友啊，虽然不太感兴趣，不过最近也稍微有点想法了。”

春崎原本打算放下硬盘就直接回去，听她这么一说，不由得停下手望了过去。

“哎呀，我高中那会儿的朋友现在正沉浸在热恋中，搞得我都有些羡慕，久违地也想来一场恋爱了。”

“原来你也会有这种感情啊。既然如此，那么先别再穿运动服来事务所了怎么样？”

“你还是放不下吧，那起黑道的案件？”

土气的圆框眼镜背后，尖锐的目光一闪而过。

春崎叹了口气：“老实说，那可不是你的风格。推理本身漏洞百出，靠那种推理赚一千四百万，老实说我觉得是诈骗，实在不是侦探所为。”

春崎直截了当地道出了这三天来闷在心中的郁结。

“此话怎讲？”

“比如，还有监控摄像头的录像是伪造的——也就是用数天前的录像替换掉的可能性，以及监控摄像头被关掉之后才发生命案的可能性。要是药师寺和鬼木没有碰巧在工厂前遇到，一般来说第一发现者也会成为犯罪嫌疑人，这样推理不就不成立了吗？再说，如果最后还是报了警，做一下牙齿或DNA鉴定不就立马穿帮了吗？那这种把戏还有什么意义？解释不通的地方太多了。用那种演说似的做法强行让对方接受推理，还讹了一千四百万日元，就算对方是反社会组织，这也并非什么光彩的事情吧？”

青影“唰”地一下抬起手，竖起了食指。指尖所指的，是这间简陋的事务所中唯一一处花了心思的地方——装裱在画框里的一张日本纸，上面写着四个汉字——顾客第一。

“顾客第一，是这家事务所的原则兼信条兼哲学，这一点从未动摇过。为了不辜负这条原则兼信条兼哲学，在这起案件里我也是全心全意地贯彻侦探的职责哦。哪怕是看不到自己在追的漫才，心情低落到想死的时候也是如此。”

“也就是说只要鬼木认可了就行吗？”

“有这个就足够了嘛。”

“所以说……”

“那具尸体可不是东条琉璃也。”

春崎原本想说的话语跟呼吸，一起在刹那间停滞了。

“……这，这怎么说？”

“字面意思呀。那具尸体的确是鳞形，而并非琉璃也。虽然我并不知道真凶是谁，但无非是纠纷导致的误杀或是自杀二选一罢了。当时我没说出来，不过尸体的手指上其实还残留着类似于扣扳机的痕迹。”

“等一下，我没跟上你的思路……咦？那当时的推理算什么？”

“全都是谎话。”

青影在休业模式下的那张没有表情的脸，看上去忽然变得可怕了起来。

“为什么要那样做？”

“唔，真是没办法。虽然我也可以仔细说给你听，但这次的内容可就真的要带到坟墓里去了哦。毕竟牵涉那边的人了。”

“那是自然，无须多说。”

刚开始来到这家事务所打工的时候，春崎就已经签下了保密协议。

“首先，案件本身的情况其实很简单：鳞形进入房间，琉璃也也进入房间，鳞形在某种情形下头部中枪去世，琉璃也先脱掉了鳞形的衣服，然后又重新给他穿了上去，进行了伪装工作。下一步，琉璃也毁掉了尸体的脸部，把房间弄乱，关掉监控摄像头，又特意留下了少许自己的金发，顺便把自己的手机也藏在沙发的缝隙里，最后逃走。仅此而已。”

叙述时的连接词都省掉了——这是青影认为案件已经盖棺定论的佐证。

“仅此而已……可是，他这么做的动机是什么呢？”

“动机我是不太清楚，不过感觉大概是琉璃也想要脱离组织而不得，所以为了开启新的人生才演了这一出戏吧？”

“那你又为何要做出那番推理呢？难道在药师寺打来委托电话之前，琉璃也就已经跟你联系上了吗？”

“怎么可能呢？我跟当时在场的所有人可都是初次见面。以前虽然接过绿原组的活儿，但也只是简单的找人罢了。药师寺也好，鬼木也好，当然还要算上鳞形和琉璃也，我都是第一次跟他们打交道。”

“所以说为什么呢？”

“现场留下了移花接木的痕迹，而且鬼木也有牵扯进去的样子，所以我就顺势而为了。”

春崎从未怀疑过青影的推理是谎言的可能性，此刻听到她袒露内情，一时间心神动荡不已。

“杂物散落在地面上的形式、没有脸的尸体、残留下的些许金发，这些线索都不同于我迄今为止经历过的现场，散发出一种浓郁的‘快来看穿我’的做作味道。当我意识到这些线索一定有某种意义，并打算由此出发展开推理时，鬼木又提出一千四百万用自己的私房钱来付。这下我就明白了，这个人一定跟现场的反常状况脱不了干系，而当时愿意付钱给我的也只有鬼木，所以我就把接下来的主题即兴换成了如何把握客户的意图了。鬼木和药师寺之间似乎有些龃龉，我按照事件背后必有隐情的思路试着往下推进，结果对方希望我推理出移花接木手法的暗示越发明显，于是我就顺着他的意思解决了这起案件。”

“可是——那手机是怎么回事？”春崎的脑袋转不过弯来，只好举出一个最容易想到的反驳点，“既然用尸体的手指解锁了手机，那不就证明死者就是琉璃也了吗？”

“那是鬼木用自己的手指解锁的哦。”青影耸了耸肩说道，“我都看在了眼里，没想到他那么粗壮的手指还挺灵巧的。药师寺当时似乎也是心神动荡，完全没有注意那边。从你的角度去看或许也被挡住了一点。他很顺利地折起了尸体的手指，再用自己的手指完成了验证。为了让自己不戴手套触摸尸体的行为看上去更加自然，鬼木感情丰富地提前演了一出戏。别看他长得五大三粗，竟还是个十足的演技派。”

“不过，琉璃也的手机又为何能用鬼木的指纹解锁呢——

难道？”

“没错，里面录入了鬼木的指纹。至于是琉璃也把密码告诉了鬼木，鬼木在发现尸体后再瞒过药师寺录入进去的，还是他们事先就预见会出现这种机会而提前设定好的，我就不太清楚了。”

“但是，当时让他用死者手指去解锁的人不就是你吗？你为什么会认为鬼木的指纹可以解锁手机呢？”

“因为那台手机仿佛是特意沾染上了鬼木的香水味道的，我估计对方应该是想要将其作为道具来利用。没猜错的话，香水应该是纪梵希的海洋香榭。”

“别管什么香水牌子啦！”

“话说回来，指纹认证原本就不可能用尸体的手指来解锁，可以说这是一种活体检测机制。其原理是通过读取电容来实现的，所以自然不会对生物电已经消失的尸体产生反应。不过药师寺似乎是不懂这个。”

危险至极的豪赌——倘若药师寺了解这个知识而发出质疑的话就全完了。整个过程仿佛倒立着走钢丝一般，稍不留神就会跌入深渊。说到底——

“说到底，提出委托请求的是药师寺那边对吧？要是药师寺当时没有叫侦探过去，那这个把戏不就没用了吗？再说也不一定会找我们青影侦探事务所吧。”

“如果眼见琉璃也就要被认定为凶手，我想鬼木应该会指出掉在地上的金发，将事件发展引向进一步调查的方向上去吧。只要让侦探或是第三方人士指出移花接木的把戏，具体是谁并不重要。”

青影似乎已经对这个话题开始感到厌烦，玩起了手指上的倒刺。不在侦探模式时，她总是像这样，很快就会对自己的话生厌。

“嗯，这种场合要找外援的话，八成是见惯了各种案件的私家侦探，侦探的话，一见到这种没有脸的尸体瞬间就能想到移花接木的把戏。嗯，这座城市手段最高超的侦探又非我莫属，找到我这里来或许也不过是必然。”

“你这样做真的好吗？”春崎不顾上下级之分，还是问出了口，“鳞形明明没有任何过错，却背负着杀人犯的恶名默默死去。他的家人、朋友和恋人就连向他做最后的道别都做不到。只因为他是暴力团的成员，而且已经成了一具尸体，就大大方方地用虚假的推理让他背负冤罪，你不觉得可耻吗？”

“我说过了，顾客第一是我们事务所的原则兼信条兼哲学。而且你也很清楚，我是那种比起真相更看重现金的侦探。”

青影深深地点了点头，示意以上便是全部的说明。接着她又带着心满意足的表情，开始自言自语地碎碎念起来。

“有好多东西想买，还有必须要还的贷款，这下帮大忙了。不过也不能提前还款啊，毕竟对方说一次性拿太多钱不太好。我就说混黑道的肯定是这里那里捞了不少，没想到昨天居然就把委托费全部转过来了。”

春崎想，这个侦探果然是不太对劲，有哪根弦搭错了。

原本光是看一看现场就能发现移花接木的把戏就已经很不寻常了，而仿佛读心一般领悟到鬼木的意图，显然是更加反常。她能捏造出足以说服暴力团成员掏出一千四百万的虚构推理，还能大大方方地将其披露出来。

“啊，说起来春崎你这次的报酬也相当可观，有十个点，一百四十万。你拿去交学费吧。”

“我不能收——毕竟这次案件我也没有派上任何用场。”

“助手只要跟着我一起行动就可以了呀，毕竟也只是用来衬托我侦探身份的普通人角色。”

这种出言不逊的态度实在是令人上火。明明处于侦探模式时还会展现出敏锐无比的洞察力，这时候却连助手的心境都猜不出来。还是说，其实她清楚得很，只是故意在逗弄人呢？

“我不要这笔钱，但毕业论文想请你帮帮忙。连续抽骨杀人案件，就当委托费是一百四十万，算是件不错的工作吧？”

“我都说过了，那起案件我虽然知道，但我的本事不适用于这类案件。你要是拿一些更加孤岛系或是洋馆系的案件过来，我倒还愿意替你看看，但无差别杀人加恐怖题材我实在是弄不来。”

果然，还是被她拒绝了。春崎一直在想，是不是从这里出发就能找到解开青影之谜的关键呢？

“我转给你了哦，平时的那个工资账户就行吧？”

“都说了我不要啦！”

再这么待下去，搞不好真的要被塞一百四十万过来，于是春崎放下装着硬盘的帆布包便起身离开了。同时他在心中暗自发誓，自己总有一天要解开这个侦探身上的谜题。

第二章

青春小说

笑果拔群！

“我说，土桥千寻，来跟我一统天下吧？”

高中二年级下学期的五月份，迄今从未和我说过一句话的同班同学浅黄叶由抬起她那张小巧的脸蛋望着我说道，语气仿佛就像是在邀请我一起去食堂用餐。

时间是放学后的下午六点，地点在特殊教室云集的教学楼西楼四楼的某处楼梯拐角。除了要去这所学校使用频率最低的“家庭课准备室”之外，没有任何人会路过这里。如果要聊不想被任何人听到的隐秘话题，那么这里可谓绝佳的死角。

“天下……是指？”

“这有什么不好理解的，就是字面意思嘛。”

浅黄的眸子里闪烁着灿烂的光芒。那光芒并非源于外界的刺激，而是眸子里自行燃烧的恒星。其中蕴含着的能量喷涌而出，仿佛已经失去了任何抑制手段。

“你是打算搞乐市乐座[1]还是弹压一向宗[2]？在这令和年间？”

---

［1］ 乐市乐座：日本战国时代各地大名在其领地推行的一种经济政策。

［2］ 弹压一向宗：日本战国时代执政大名畏惧宗教势力而对一向宗采取的打压政策。

这回答连我自己都觉得无聊，不过是随口说了几个从一统天下联想到的词语罢了。毕竟面对不怎么熟的同班女同学的意义不明的提议，我实在是想不出什么风趣幽默的说法。

“嗯嗯。”浅黄仿佛察觉到了我的内心想法，开心地点了点头，“这种提不起劲的回答方式真是潜力无穷啊。嗯，不管这些有的没的，总之现在的关键在于你的意愿，干还是不干？做决定吧。趁现在，就在这里。”

浅黄又猛地逼近了一步，柔顺的黑长发随之摇曳起来。从我心脏附近的位置仰望过来的目光比任何事物都更具说服力，仿佛在逼问我：“你会干的吧？”

我按住浅黄的肩膀，将她轻轻推了回去。

“等一下等一下，至少把目的告诉我吧。你现在究竟要我干什么？”

“漫才呀。”

浅黄心满意足地用三个字就回答了问题，潜台词仿佛在说“这样你就懂了吧”。

“啊？”

“我们要用漫才闯到日本第一！不光是高中生大赛，我们要打倒包括成人和专业人士在内的所有对手，成为全国第一。这就是我们的宗旨！”

“漫才界的日本第一……你是说 M-1 吗？”

虽然我平时没有看电视的习惯，但至少 M-1 大赛还是了解的，每年也会观看。那是全国的年轻漫才师齐聚一堂，为了获得一千万赏金和在演艺圈一炮而红的机会，更是为了日本第一漫才师的名号而同台竞技的日本最大的漫才大奖赛。

“对咯！我要趁着还是高中生就闯进 M-1 决赛，在全国联播的黄金时间段来一发漫才暴击！来做我的搭档吧，土桥千寻！”

*

自不用说，我拒绝了她，而且是断然拒绝。

“不行，不可能的，我对搞笑又没兴趣。抱歉，恕我郑重拒绝。”

“我拒绝你的拒绝。”

反驳来得如此干脆，差点让我产生了自己刚才是不是无意中说错了什么话的错觉。

“没关系，首战在八月份，离现在还有三个月。我已经创作了不少段子，之后也会继续创作，所以不用担心。你只要一起排练就好了。”

我连忙疯狂摆手摇头以示抗拒，然而这似乎并不能阻止浅黄，我只好再次强调道：“漫才啥的我玩不来。话又说回来，为何偏偏是我？我们今天才第一次说话吧？”

“理由有好几个。首先，我们年级说关西腔[1]的除了我只有你呀。”

“就这啊？”

切缟市第一高中，正如其名，是切缟市最好的私立重点高中，所有的学生都是从本地的初中升上来的。学生中说关西腔的

[1] 关西腔：日本京都、大阪、神户一带的方言，经常被搞笑艺人用来增加演出的趣味性。

属于绝对少数，我们年级里的确只有我和浅黄两人说关西腔。

“其他的理由也有，不过最主要的还是这个。既然要跟我对口表演，那就没有比用关西腔更合适的了。虽然也有像‘南海糖果’[1]那种标准语混搭关西腔的组合，但我属于那种不是两个关西腔就不得劲儿的类型。再说M-1的优胜者也是关西腔组合居多，虽然近几年都是关东势力接连斩获大奖，不过这也有物极必反的因素在内。”

还没聊上几句话，浅黄对漫才的热爱之情就满溢而出，显露无遗。寥寥数语之间，想要从现在开始立刻投身漫才事业的激情若隐若现，我感觉自己快被她的气场镇住了。

“第二个理由是啥？”

“其实也很简单，因为你长得不错。”

“哎，哪里不错了？”

我的长相既不英俊也不难看，中规中矩到曾被人说是“全日本男性的长相平均一下就是土桥”的程度，从未因这张脸而被人称赞或蔑视过。

“我是说相对于‘漫才’的不错呀。我很中意你这张五官扁平端正、不会喧宾夺主的脸。毕竟我们是男女组合，我估计自己还是会比较适应你这种类型。”

“明白了。”

我故意简短地回答，以示强调。要是让这家伙继续啰唆下去，我就要被她牵着走了。正因如此，这时就应该斩钉截铁地回

---

[1] 南海糖果：日本漫才组合，曾多次进入M-1大赛四强。

绝掉。

“哦？那你是答应了？”

“不干。我已经决定了，也不会再改变心意。你邀请我的理由也是莫名其妙，去找其他人吧。至于关西腔，只要跟你多说说话，自然也能耳濡目染学会的。你还是另请高明吧。”

“那要是我说，能让你跟夏目樱花打交道呢？”

浅黄微微一笑，故意歪了歪脑袋，搭在肩膀上的长发也随之摇曳起来。我原本打算掉头就走，闻言又立刻停下了脚步。

“你说夏目什么？”

“我说我可以帮你跟樱花牵上线。樱花是文科生，跟我们不可能分到一个班，体育跟选修课也没有相同的。你要是在这里错过我的提议，那么在剩下的高中生活中跟樱花产生交集的可能性就无限趋近于零了哦。”

“我没有——”

“无须多言！”浅黄用目光和手势制止了我提出抗议的举动，翘起嘴角说道，“你对樱花打的什么主意我可是知道得一清二楚。从高一就开始了吧？要是换作我，我可不会放过这次机会。”

我顿时浑身发烫，汗水逐渐打湿了校服。这家伙怎么会知道的？

“看你表情仿佛在说‘这家伙怎么会知道’，但其实只要观察一下的话，就显而易见啦。当时我就在想，明明看上去你仿佛对恋爱不感兴趣，没想到居然会迷上那种心思单纯、外貌出众的类型。”

“……这真是最坏的消息了，你就放过我吧。等等，她本人还不知道吧？”

要是连她本人都知道了的话，我此刻就想从那边的窗户跳下去。

“这一点你大可放心。樱花虽然很聪明，却不太关注那些流言蜚语。顺便一提，她还没有男朋友哦，虽说三天两头被表白就是了。”

“这倒是个好消息，不过你怎么会对夏目那么熟悉？”

浅黄挺起胸脯回答道：“那是，毕竟是好朋友嘛。我们初中就在一起了，樱花和我也有许多共同语言。”

那天最后到底达成了什么交易，如今我已经记不太清。总之在那一天，我和夏目互相关注了社交账户，交换了私信，而我也成了一名漫才师。

*

周末刚结束的第一天，浅黄就立刻来找我了。这次她没带我去练舞房，而是来到了家庭课准备室——似乎是她上次搞完卫生后就一直没锁门。

“总之，我们先来练练吧。”

以这一句话开场的浅黄老师的漫才指导课，向我揭露了漫才背后远超我想象的严酷。

“先要掌握漫才的发声，没有人会被口齿不清的漫才逗笑，发声是任何表演的前提。漫才的发声不是要像小孩子宣扬自己的主张那样喊出来，而是要将对话的内容准确地传达给听众。”

“表演漫才时，只要剧本里没有写就别看我这边。不看向观众而看向我的话，当然会更轻松、更安心，但这样就切断了与观众的联系。我们不是在自说自话，说话是为了让观众笑起来。身体也不能转向我这边，挺胸！”

“距离拉近！这才是漫才搭档的间距。别不好意思，靠到能感受到我呼吸的位置来。你要是站在两拳开外的位置，那种距离感就不像漫才搭档了，简直就是交往还不到三天的新情侣。”

一开始，浅黄让我不断重复从开场白“大家好”到引出正题的部分。我们用绳子把三根扫帚捆着立起来，当成主麦克风摆在中间，就这样对着空荡荡的教室练习。

浅黄的指导十分具体，在讲解包袱和断句等正式技巧之前，她先向我灌输了这一切的大前提，即“舞台上的台风”。

“无论如何，要彻底摆脱身上的外行味道，这是第一要务。M-1大赛每年都会有数千组业余选手参加，但他们跟专业人士之间的差距一眼就能看得出来。那就是发声、身体的朝向和距离感。”

浅黄一边讲解，一边让我观看去年的M-1视频。网上有业余组优秀奖的表演视频，顾名思义，这是颁发给优秀业余选手的奖项。

的确如浅黄所说，很多业余组合在表演时，要么声音小得听不清，要么从开场到落幕都一直朝着对方，还远远拉开距离，根本就不像是漫才表演。他们的段子倒不一定很无聊，有趣的俏皮话和包袱的角度比我想象得还要多，也正因此他们才被授予业余组优秀奖。但同电视上那些专业漫才师相比，这些业余选手的表演还远不够精湛利落，二者完全不在一个层面。

“如果能够去除身上的外行气息，观众就能将注意力集中在表演的内容上，而这才是漫才的起点。我们再来一遍。”

浅黄带着我先退到了教室的角落。我们把那里当成舞台后场，随着她的报幕“下面是组合‘浅黄与土桥（暂定）’的表演！有请——”，我们用介于快步到小跑之间的速度冲上了舞台。

“大家好，我们是‘浅黄和土桥（暂定）！’”

“先说一句，我们俩绝没有在拍拖。”

“这词儿可够显老的。”

开场垫活儿，我按照剧本吐了个槽。念出这种刻意为之的吐槽台词，让我不由得哧哧轻笑了出来。

“好了，暂停！喂！不许嬉皮笑脸，不许呵呵傻笑。”

浅黄的语气倒是很沉稳，但又气势逼人、无比严肃。

“刚开始练习漫才的时候不习惯很正常，我也理解你对‘表演漫才的自己’感到害羞的心情。不过用干笑来遮掩这种事还是别干了，一瞬间就会冷场的。虽然也有一些技巧需要带动观众一起笑，但你这不过是单纯的遮羞而已。也罢，习惯了之后自然就不会害羞了，今天就反复练习到你不会再用干笑来遮羞为止吧。”

“不是吧，你这也太魔鬼训练了。你就不怕我破罐子破摔不干了吗？”

“精通任何事物的过程都不会顺风顺水，而是充满阻力。就拿算术来说，把九九乘法表死记硬背下来想必也很痛苦，但强行记住之后就能迈向更进一步的除法和笔算了不是吗？弹吉他也是，没有谁从一开始就能轻松愉快地弹下来，所有人都是一边嚷着手指好疼一边反复练习让手指记住动作，这才开始入门。每条路都必然存在着只有痛苦而不得不熬过去的阶段，而我希望你能尽快跨过这一阶段，感受到漫才的美妙之处。我想带着你尽快抵达能够计算应用题和面积问题，能够按住 F 和弦轻快弹唱的程度。”

浅黄滔滔不绝地将这么一大段道理毫不滞涩地说了出来，我叹了一口气。这并非因为郁闷，而是出于感叹，我仿佛窥见了几分浅黄对漫才的努力程度。

“先声明一下我没有有意非难的意思，只是纯粹出于好奇。

你为什么这么想要赢下 M-1 呢？是希望成为艺人吗？说起来，业余组也拿不到大奖吧？”

浅黄对漫才的熟知程度和满腔热情绝不寻常。迄今为止我还没有沉迷于某种事物的经历，硬要说的话，学习勉强可以算。正因如此，我很好奇她如此强烈的动机究竟从何而来。

“业余组也有进入决赛的先例啊，而且也有高中生组合进入过决赛呢。不过这倒不是因为我想当艺人。要说最近也有共时效应和拉兰德[1]这样的凭借 M-1 的战绩而进入职业圈子的组合，如果最后能顺势成为职业艺人的话那自然不错，但那并非我的目的。”

“那——”

“我想赢下 M-1，这就是我唯一的目的。还有就是单纯地想拿到那一千万奖金。嗯，这一点倒不用在意。最近我觉得自己也逐渐看淡了奖金，单纯地想要表演漫才了。”

听浅黄的语气，她似乎并不愿意过多谈及这件事。我也没有追根究底的意思，于是便重新开始了练习。我一遍遍地重复，让身体适应漫才师的台风，一边说着“大家好”，一边用宛若第三者的视角将浅黄写下的剧本暗记于心。

*

“好紧张！真的要吐了！”

“两分钟，只是跟我说说话而已。这不过是漫长人生中的短

[1] 共时效应、拉兰德：均为日本漫才组合的名字。

短两分钟罢了，打起精神准备好！”

现在是 M-1 大奖赛二〇〇二年度首轮比赛，这里并没有后台或休息室之类的地方，我们就站在走廊里等待出场。首轮比赛将以两分钟的漫才表演决出胜负，当天就会出结果。专业和业余的挑战者们挤在一起，呼出的气体仿佛让本就凝重万分的空气变得更稀薄了。

毫不夸张地说，我双手的颤抖从昨晚到现在都没停过。迄今为止，我还从未有过站在别人面前表演漫才的经历，而眼下的情景，无疑让我更紧张了。

时间并不会因为我紧张与否而停滞，比赛逐渐进行下去。我们被工作人员点到名字，带到侧台候场。从侧台可以听到会场传来的笑声，前面的组合名叫“血清素”，应该也是一对业余选手。

“你也听听看，千寻。还蛮搞笑的。这种能自创段子的组合应该很擅长大喜利[1]吧。”

听浅黄这么一说，我将发散的注意力集中到了“血清素”表演的段子上面。专注于某件事情的时候，人就可以无视掉紧张的情绪。我冷静下来，开始分析起“血清素”的段子。

仔细一听可以发现，“血清素”的这些段子所用的词语都很能带动观众情绪，我感到只有真正喜爱搞笑这一行的人才能写出这样的台本。既幽默风趣，又准确把握了观众的笑点。

不过这样我就有底了。我与浅黄相对而视，此刻无需任何话语也能明白，我们心中都有着同样的感想，那就是——对手只有

---

[1] 大喜利：一种日本综艺节目形式，由嘉宾们轮流回答主持人提出的奇葩问题，以幽默风趣的回答为胜。

这种水平的话，显然是我们的漫才更搞笑。

“哎呀，那可是瑞穗银行呀……感谢大家的观看！”

“血清素”的漫才表演结束了，两名选手带着松了一口气的表情退下舞台。虽然没有从头听起，但他们的表演大概是没出什么大岔子就顺利完成了。

“辛苦你们了！”我在心中暗道。

浅黄拍了拍我的背，依然是那副信心满满的神情。

“我们肯定没问题的，相信平时的练习吧！在此基础上，把排练过的那些东西全部忘掉，让嘴巴自己动。”

浅黄话音未落，便传来了出场的伴奏音乐，于是她又拍了拍我的背。我们小步快跑，从侧台的阴影中来到了明亮的舞台中央。在观众们的掌声中，我和浅黄气沉丹田，头一次在他人面前大声说出了我们两人共同决定的与“胜利”联系在一起的组合名称。

“大家好！我们是‘尼姬[1]奖杯！’”

开场不过三秒钟，观众们恐怕就已经感受到了我们与“血清素”之间的差异，那就是音量的大小。对于将自己的声音准确传达出去的这件事，我还是相当自觉的。此刻我们仿佛被掌声包围。

“我们都是高二学生，是同班同学的组合。”

“没错，要是有大人问我们是不是正在交往，我就把他们全都揍扁！”

浅黄顶着一副标准女高中生的外表，以淡然的神色说出“全都揍扁”这种生猛的话语，令观众席瞬间沸腾了起来。笑声化作

[1] 尼姬：希腊神话中胜利女神的名字。

波浪，朝着我们两人奔涌而来。按浅黄的口头禅来概括——搞笑便是惊讶，也就是预料外的背叛。

“先说一句，我们俩绝没有在拍拖。”

“这词儿可够显老的。”

“那是我在配合对方，毕竟问这个的基本也都是老家伙了。”

“这臭丫头！”

开场垫活儿起到了超乎预期的效果。听到大家带着温度的笑声，我感动得声音差点都带上了哭腔，好歹是凭着气势压制了下去。

自从浅黄邀请我以来，已经过去了三个多月——这期间我们一直对着家庭课准备室的墙壁在练习。当然，这种练习没有任何反馈。一直以来，我们都是对着虚无、对着虚空在不断表演漫才。

开场的这段垫活儿，自然也是我们每日的必修课。反复操练了太多遍，我都弄不懂这一段到底搞不搞笑了。凭这个真能博得笑声吗？我也曾为此而不安。

而如今，虽算不上哄堂大笑，但我们无疑也是为观众带来了欢乐。

观众认可了我们的表演，我感到全身都收到了反馈，充满了自信的能量。

有戏！

大概是为了避免让笑声盖住我们的声音，浅黄稍微停顿了片刻后才继续。

“其实我呀，有件烦心事。”

“烦心事？怎么了，说来听听？”

“是关于高中毕业之后的去向问题。”

“能够认真考虑这个问题就很厉害啦。那你有什么想做的吗？”

“我啊，想当时空警察。”

“时空警察?！”

为了将这场漫才核心所在的关键词传达给观众，我用尽可能夸张的声色将其复述了一遍。观众席嘈杂了起来，那还算不得笑声，而像是心神动摇。

直到这时，我才头一次注意到观众席的景象。那是一张张看上去正好跟大拇指差不多大的面庞，一双双从远处盯着舞台上的我们的眼睛。若换成平时，这种压力无疑会令我感到胆怯，然而此刻不知为何，我的心境异常平稳。接下来自己要做的事情已经很明确，那就是顺着浅黄的台词，引入这场漫才的主线——关于时空警察的话题。

接下来的短剧设定是：浅黄强词夺理宣称此时正在发生时空犯罪案件，由我扮演时空犯罪者，浅黄扮演时空警察来进行表演。

相较于排练的时候，浅黄此刻的兴致明显更为高涨，想必她是那种“人来疯”的性格。她的声音、动作、表情都比平时来得更抑扬顿挫，表演也大开大合了起来。与此相应地，我的吐槽也越发有力了。

笑声一阵阵响起，仿佛俄罗斯方块的连消一般环环相扣。第一阵笑声尚未平息，第二个更猛的包袱又引发出更强烈的笑声。最后三十秒，来到某个回收前半部分伏笔的吐槽时，不断积攒的笑意终于爆发了出来。我仿佛产生了错觉，面前数百名观众所发出的笑声化作了一堵声浪之壁，朝着我们全身倾轧而来。

未等场面彻底平息，我们又继续开始对话。

“唉，我知道了啦。我这就让时间跳跃到两分钟前重新表演。”

“这不就把时空秩序弄乱了吗?！得了吧您。”

正巧在这时，响起了时间到的提示音。我们平常练习时总是刻意保持在快到两分钟的时间结束，今天还稍微拖久了一点，超出的是等待笑声平息的时间。听到提示音，我和浅黄随即异口同声地郑重道出了谢场词：

“感谢大家的观看！”

我一直垂着头，心中暗想，自己这一生不会就是这样了吧？直到浅黄扯了扯我的衣角，我才终于能抬起头来。这时我才留意到自己正在被致以热烈的掌声，我真切地感受到，从眼前的这些观众手中，不间断地响起的骤雨般的声浪向我扑来，响彻我的耳边。我被浅黄拉着退到了侧台，刚一进入观众席的死角，我就仿佛电量耗尽了一般瘫软下去，整个人靠在了浅黄身上。

“你这笨蛋，好好站起来啊！”

弄成这种姿势虽不是我的本意，无奈我的身体里一丝力气也没有了。大概是平时不怎么用的肌肉在不知不觉间过于绷紧的缘故，包括腹肌在内，一阵疲劳感与无力感从我全身的各个部位涌现出来。浅黄的头发一缕缕蹭过我面庞，弄得我痒痒的。我好不容易才找回正常姿势，靠自己的脚重新站稳。

我甚至觉得，舞台上获得的反馈仿佛拥有了实体，此刻正被我握在手中。迄今为止，我还从未感到过如此满足。洋溢在全身的“喜悦”之情，甚至比我考上高中那会儿，比我得知自己在升学模拟考中拿到了全国第十名那会儿，还要来得更加猛烈。

“比赛结果会在今天之内发布在官网和官方社交账号上。不过从这‘笑果’来看应该是十拿九稳了。”

“那接下来就得准备第二轮——三分钟的表演了吗？”

浅黄愣了一瞬，接着肉眼可见地扬起了嘴角。

“光是能听到你说出这番话，我搬出樱花来也就值了。”

“别这么说，我也是经过深思熟虑之后才跟你混的。”

当天傍晚，我们在官网上“尼姬奖杯”名字的旁边看到了“通过”的字样。

*

“差不多也快到第二轮了吧？今天不用排练吗？”

就在夏目发出询问的时候，我正咬着一个被银色签子串着的汉堡，同时提防着飞溅而出的菠萝汁。我们并不在麦当劳、摩斯汉堡或是汉堡王，只是在普通的街边小店。看到我的模样，夏目也狠狠咬了一口自己的牛油果汉堡。她的齐肩黑发被一个简朴的发夹束在脑后，但侧面垂下的发丝似乎还是有些碍事，被她拢在了耳朵上。无论什么发型，都能完美到可怕地衬出她的美貌。

“啊，其实今天从傍晚开始我们就要去河滩上练习。”

上课的日子里我们会利用家庭课准备室，而放假的时候，我和浅黄就会去位于我们两家正中间的河滩练习。

“叶由她从初中起就一直嚷着要赢下 M-1，多亏了你，她能够向梦想发起挑战，真是太好了。不过我还是不高兴她把我搬出来让你就范的做法，最后搞得你和我约会后还要留出两个人练习漫才的时间，这一点也很让人火大。”

夏目轻柔的声音总是让人难以听清，然而此刻从她秀丽的口中说出的尖锐话语，却割裂了周六午后露天座位周遭的噪音，嗖嗖地钻进了我的耳朵。

自从浅黄将夏目介绍给我以来，我和夏目之间的关系逐渐升温，最终以上个月我的表白为契机，我们成了朋友。她似乎也存着一些借此机会来为浅黄与我的漫才事业加油打气的想法。

“之前聊起这事的时候，你不是说不介意我和浅黄表演漫才吗？”

“那也不可能不让你去吧？我可不想当那种小肚鸡肠的女人。”

“事后再抱怨就不算小肚鸡肠吗？”

刚说完，我就意识到自己的话有多么伤人，于是又慌忙补充了一句：“开个玩笑。”

然而与我预计的相反，夏目温柔地微笑了起来。

“你总算能对我敞开心扉拉近距离，也能说出这种切中要害的讽刺了，我很开心。”

“没想到你竟然还好这一口。”

夏目的言行经常会与我的预计相反，我很中意她这一点。要说我没有被她的美貌所吸引，那肯定是彻头彻尾的谎话；但对于我而言，提到夏目时首先想到的要素并不是她的长相，而是她有趣的灵魂。

“我希望你能多像这样轻轻松松对我说些坏话。顾虑得太多看似是为对方着想，实则只会对双方的精神产生消耗。我觉得早日成为能够毫无顾忌地畅聊各种话题的关系，从长远来看才是更加轻松的。”

“那你有什么想说的也说说看嘛。”

“我果然还是觉得你不适合表演漫才。第一轮的视频叶由给我看过了，但我总觉得你吐槽的时候有一些不自然。”

不可思议的是，明明一个月之前自己也曾抱着相同的想法，然而此时被夏目这么一说，我竟生出了些许反抗心。

“我说，樱花啊。”

为了把握对话的主导权，我特意用了至今还没叫惯的她的名字[1]。果不其然，樱花有些慌张，张着嘴僵在了那里。接着我又强行沉默了几秒钟，为接下来要说的话增强印象。

“漫才可有意思啦。而且首先，那家伙创作的段子也很有趣。”

说完这句后，我感到自己心中的动机仿佛也得到了明确。

“跟那家伙一起的话，我感觉任何事情都做得到。即便我现在还不适合表演漫才，但我也有想要为之努力的念头。这种体验，对我来说也是头一次。”

夏目眯起她那双原本就很大，画上眼线后更显水灵的眸子，说道：“我当然知道叶由很有趣。从初中那会儿开始，她一有空就会创作新段子。正因为她既有趣又有才华，我才会忌妒她呀。”

“她可是你最好的朋友。”

“好朋友才最容易被忌妒呢。毕竟是各方面很相似的人，难免会相互比较。”

虽然除了长相出众和头发很长以外，我还尚未发现浅黄和夏目有什么特别的相似之处，但既然本人都这么说了，那想必是确有其事吧。

“能够直说自己忌妒别人，你还真是厉害。这事一般人可都说不出口。”

“如今这时代，谁能做到活一辈子不忌妒别人呢？”

“真没想到连时代的话题都扯出来了。”

---

[1] 在日本，一般对他人都以姓氏相称，只有很熟悉或很亲密的关系才会直呼其名。

“毕竟 SNS 就是忌妒、怨恨、不甘[1]的首字母缩写嘛。”

“太多重复的吧！简直就像火焰、火花、火苗一样。”

“什么鬼，不知道你在说啥。”

随后，我们便像普通的高中生那样，聊了一些普通的话题。例如 A 班的谁谁谁分手了，说实话升入高二后数学跟不上了，运动会太烦人了……诸如此类。

在收银台，我刚说出要一起结账，夏目就眼疾手快地制止了我，并将自己的那份一千二百日元放进了收银托盘。

“不用啦，被人用父母的钱请客我也会觉得困扰的。那是你父亲竭尽全力为别人看病才赚到的钱，对吧？”

她拒绝得如此果决，完全没有给“我来请客”“哎呀我也来出吧”等至少两回合以上的来回客套留下任何余地。

“以后你要是自己赚到钱了，就来请我吧。”

我总觉得她在暗示我是个小少爷所以才会这么宽裕，不由得有几分恼火。

“那等我赢下 M-1，就用奖金请你吃世界上最贵的汉堡！”

夏目露出了灿烂的笑容。

“那我就期待着咯。第二轮比赛要加油呀！”

*

绝对要赢！

我要赢下 M-1！

---

[1] 日语中忌妒（Shitto）、怨恨（Netami）、不甘（Sonemi）的首字母缩写即为 SNS。

浅黄的段子那么有趣!

“尼姬奖杯”也那么有趣!

然而在此时的舞台上，这些气势、干劲、斗志仿佛统统逃回了老家。能够容纳将近三百人的观众席此刻座无虚席。观众中男女老少的比例恰到好处，然而我却深知，所有人都在以怜悯的目光看着正在舞台上表演漫才的我们。

明显希望被观众接住的逗哏，却未能激起台下的半点水花，场面平静得令人害怕。内心的焦虑，让我的吐槽也变得急促起来，没能按照浅黄的设计去留白，而是在不自然的节点插嘴吐槽，让表演的节拍也随之崩溃。

冷场这一现象所带来的恐惧，支配了我的全身。

十月十日，正是 M-1 大奖赛二〇二二年度第二轮比赛的日子。我们花了一个半小时，换乘了三趟电车后，来到了浅草的常盘剧场。“尼姬奖杯”被分到了 D 组，是当天第二十七个出场的组合。“尼姬奖杯”刚登台的时候，观众席的气氛还算是比较热烈，开场垫活儿的效果也不差，然而此刻场面已经彻底陷入了冷场，我们正设法撑完这三分钟。

原因很简单——开场后四十秒的时候我忘词了。

业余参赛者在第一轮就已经被淘汰得七七八八，此次会场里基本全是专业选手。我或许就是被现场的高涨气氛给冲昏了头，面对浅黄的逗哏，我彻底忘记了吐槽的台词，在漫才表演途中硬生生空出了将近十秒钟的意外留白。偏偏这个逗哏还不是能用“啥呀”“什么玩意儿”之类的基本话术对付过去的那种，无论如何也得想出点词才行，然而满心焦虑的我怎么也吐不出一句话，光是杵在那里汗流浃背。

结果，漫才表演就在一个逗哏没有后续的情况下进行了下去。到了这时，观众们的兴致已经彻底冷了下去。在他们眼中，我们或许不过是常见的那种把来 M-1 参赛当作纪念的业余组合罢了。更有甚者，有人还用温和的目光投来了“加油打气”的意思，仿佛我们是一对过来创造回忆的高中生组合似的。

——我们可不是来创造回忆的，我们是来取胜的！

然而还来不及给自己鼓劲，“时间到”的提示音就响彻了会场。尖锐的提示音让我悚然一惊，这是舞台上绝对不应出现的反应。

我的内心已经彻底崩溃，然而浅黄直到最后都保持着冷静。她用以防万一而事先准备好的应急台词，结束了这场漫才表演。

“真是莫名其妙！不干什么漫才了，我要回家去求二次函数的最大值啦！”

“少、少来装什么高中生！得了吧！感谢大家的观看！”

我勉强说出结尾的台词，低下头致谢。稀稀拉拉的微弱掌声，已经昭示了这场表演的结局。与第一轮截然相反的心理感受，使我站在原地动弹不得。浅黄狠狠拍了拍我的背，然而我还是僵在原地，保持着不到位的谢场姿势，连包括呼吸在内的所有动作都停滞了下来。

在三百名观众的目送下，浅黄使劲扯着我的手，将我拉到了侧台，就像一名母亲从玩具卖场把闹别扭的小孩带回家。

侧台，此时一名壮汉和一名戴着圆框眼镜的文雅男子的组合正在候场。他们穿戴着齐全的西装行头，流露出一副专业艺人的风范。我们之后的下下个就会轮到他们出场。这对名叫“冒险骰子”的组合我也有所耳闻，去年的 M-1 大奖赛中，他们就一路闯到了四分之一决赛，算是相当厉害的实力派，浅黄也总说自己很喜欢这对组合。

擦肩而过时，戴着圆框眼镜的男人轻轻拍了拍我的肩膀。

“虽说创作段子的应该是女孩子那边……但你来之前也得好好练习才行呀。”

我不禁回过了头。看似是关心的话语，但我的身体还是对隐藏其中的敌意产生了反应。

你以为我练习得还少吗?

我每天放学后都在练习，在家里也没落下发声练习和滑舌训练，从未有过一天松懈。

然而这些反驳的话语全都堵在了喉咙里。连台词都忘得一干二净的家伙无论说什么，也不过是自取其辱罢了。反驳的话虽没能说出口，但我内心的愤慨似乎还是从眼中流露了出来，这次是那名壮汉，他也突然逼到了我身边。

“你说话还是太软了，小央。喂，小子。这里是艺人们赌上人生来决胜负的地方，可不是让高中生过来玩的。你今天八成也明白了吧？”

“哀川，算了吧，没必要对高中生说到这种程度。不好意思啊，小哥。做漫才的观众也没关系，下次再来玩啊。”

我一句话也没能说出口，就这么落荒而逃。我从候场的选手们身边跑过，沿着退场通道一路跌跌撞撞来到了剧场外，中途好几次差点撞到别人。

“喂！等等我，土桥！”

我无视浅黄的呼喊，沿着林间的石板小径一路冲到了隔壁的公园。除了在围成圆形的游乐设施间玩来玩去的小孩子们，还能零星看到一些像是等待比赛出场的二人组合。我大口喘着粗气，呆呆地望着那边。之后，他们也将站上那处舞台。那些人身上，依然保留着可能性。

“抱歉，是我的失误。”

追过来的浅黄开口第一句便如此说道。

“啊？开什么玩笑！怎么看都只是我的问题。”

“谁都会犯错，就连‘三明治人’[1]，也曾在二〇〇七年的那场决赛中有一瞬间忘过词。失误就是如此不可避免。只不过，我现在还没有能挽回局面的本事。实战经验还是太少了，我应该多准备一些真正有观众的‘舞台’才对。”

我这才明白，浅黄并非是在安慰我或是在说场面话，而是在真心反思自己的过失。于是我再也忍不住，说道：“你没做错任何事。你写出了那么有意思的段子，编排得也很棒。”

段子本身无疑是笑料十足的，我觉得问题还是出在自己不够熟练，未能将其完美地表演出来上。我终究是没能做到这一点。

“是我碍事了，给你抹了黑。明明都练习过那么多次，真到上场时却忘了词，不能更糟了。真的很对不起，明明是你邀请的我，我却只是在拖你的后腿。”

“哪里碍事了？！”浅黄狠狠地盯着我，“不准你再说这种仿佛是自己妨碍了我一个人前进的话了。我们可是同一个组合的成员呀，都是‘尼姬奖杯’这根绳上的蚂蚱了，哪有什么你在碍事的说法。你和我两人能够到达的最高点，就是‘尼姬奖杯’的实

[1] 三明治人：日本漫才组合，曾获得二〇〇七年M-1大奖赛冠军。

力所在。我们还没有积攒到足以让你不会忘词的练习量，也没有掌握即便忘词也能救回场面的本事，我们两人的实力能达到的结果，就是今天这样啊。”

我意识到自己的脸上已经淌满了泪水，淌满了自己也说不清道不明的泪水。

“刚才，那个艺人说的话我一句也没能反驳，他说的都是对的。”

“对业余选手，而且还是高中生说出那种话简直是逊爆了，不过他们那会儿也在紧张焦虑就是了。归根结底是我们自己的熟练度不够，我们就记住这个事实。回去吧，好好反思一番，别辜负了‘尼姬奖杯’的名号。”

“还算什么胜利女神呀，这回是彻底输了。”

“还没输呢！”

“啊？怎么看我们都已经输了吧。就算是我也看得出，那种情况是绝对过不了关的。”

“今年是没戏了。这也无可奈何，不过……”

浅黄的眼里并未失去光芒，那依然是一双孕育着光辉、宛如恒星般的眸子。

“从现在起，从这个瞬间起，明年的 M-1 大奖赛对我们来说已经开始了！”

*

第二轮败下阵来的结果确定后，“尼姬奖杯”便拧紧了行动的发条。

浅黄整日整夜地思考着新的点子和半成品台本，我们两人从中精挑细选，留下最具笑料的段子。

而我则在发声练习和滑舌练习上投入了比以往更多的精力，一个劲儿地观看自己能够找到的所有的搞笑节目、演出现场和抖包袱的视频。我还特意把浅黄家里的DVD机搬到了自己家，重温了过去每一届M-1大奖赛。虽然亚马逊视频平台上也能看到以往的视频，但毕竟浅黄都说了："那上面的都出于合规或是其他理由而被稍微剪辑过，你还是看我家的录像吧。"

"我老妈全都录下来了，从我出生前的第一届算起的每一届。"

而到了周末，我们两人就会跑到东京或是埼玉的剧场，花上一千到三千日元不等去观看演出。我们主要看的是将近二十组艺人通过抖包袱来决出胜负的对决表演，并会在表演的间隔疯狂记笔记，有意识地将所有注意到的细节、想要学习的地方、反面教材的部分化作养料来吸收。不过，光顾着输入自然无法提升漫才的水平。与搞笑写手或评论家不同，若想成为一名漫才师，不将自己的作品表演出来是不行的。

"我们去路演吧！"

面对"表演场次不足""缺乏经验""实力不够"等问题，浅黄拿出了自己的答案。

"像千鸟、NON STYLE，还有'南海糖果'，这些组合都曾路演过。很显然，我们目前还没法到剧场里演。要说哪里的舞台最适合我们，那就是马路边。观众只是些不见得对搞笑表演感兴趣的路人，环境恶劣得跟剧场完全没得比。如果能适应这种舞台，M-1的场面简直是再轻松不过。自然，也不会被会场的气氛所吞没而忘词了。"

说干就干，我们打算不用麦克风，光靠自己的嗓门来召集观众，表演漫才。

路演的时间定在十一月下旬某个周六的傍晚，地点则是鲤墨商店街的拱廊下。切缟高中的学生们没事基本上不会去三边川对岸，而且那里的人流量在这乡下小城也还算不错，经常会有弹唱和杂耍表演，能轻松找到感觉。

我们将一张写有大大的“漫才表演”“尼姬奖杯”几个字的纸贴在瓦楞纸皮上，再将纸皮折成三棱形贴起来固定，当成自制的展板。然后就是招呼路过的行人，只要有一个人停下来，我们就会开始漫才表演。

“这实在是太羞耻了吧，会有人停下来看我们表演吗？”

“不知道。反正听到招呼才停下来的人总比自己主动停下来的人要多，继续吆喝吧。”

结果，等我们抓到第一位观众，已经是吆喝后的一个小时了。一名像是工作完要回家的上班族男子说着“哦？那就看看吧”，便环抱着双手站在了我们面前。

“感谢您驻足观看！那么，为了您这位值得纪念的观众，请允许我们开始这一场漫才表演！”

我与浅黄交换了一下眼神，便开始了很有把握的名为“分班”的段子表演。虽然观众只有这名男子，但只要能让他在这里开怀大笑，后续再让路人停下脚步应该就相当简单了。

然而，在开场垫活儿的时候，男人的嘴角丝毫没有要上扬的意思。即便进入主题后，他也不过是偶尔嗤笑几声，并未放声大笑。我感觉自己的身体逐渐向浅黄转去，出于恐惧而无法再面向上班族那边，与浅黄四目相对的次数也远超以往。表演结束后，上班族男子不紧不慢地鼓了几下掌，又痛快地提了一些建议，似是有些懂行："太害羞可不行，后半段声音都变小了。开头的逗哏再加点大喜利风格或许会更好。虽然这么说，比赛的话还是先抑后扬给人的印象更好，所以后半段的连续包袱可以再紧凑一些，现在还是略显无力。"说完他便离开了。

"不妙，我感觉心态说不定要崩了。"

目送着上班族的背影远去，我喃喃说道。浅黄则是满脸通红，嘴唇颤抖不已。

"像那种评论家嘴脸的家伙真是随时可见。虽然很恼火，但他说的也有一定道理。后半段或许是应该再紧凑一些,不过……"她一边跺着脚一边说着，仿佛是在向自己解释，"被站在台下的人指指点点，真是让人火大啊！"

看得出浅黄的动摇比自己还严重，我稍微镇静了下来。这才表演了一场，绝不能在这里就打退堂鼓。类似这种经历，也算是一种锻炼。

"唉，能遇上这种难堪的情况也行吧，就当化悲痛为动力。"

"这苦涩的味道尝起来可比想象中的更现实。啊，我都出一身冷汗了——"

"你们是在表演漫才吗？"

没想到，居然有路人向我们搭话。

我和浅黄立刻停下对话，转过身去。搭话的是一对三十岁左右的情侣，男的身材高挑，留着冲天的刺猬头，女的则是一头茶色头发，眼神飘忽不定。刚才开口的是那名男子。

"是的，我们正在为 M-1 而积累经验。不介意的话，还请您留步观赏。"

"好啊好啊，是漫才路演吧？我其实很喜欢漫才的，奈实你喜欢搞笑的东西吗？”

被问到的奈实小姐略带拘谨地点了点头，说道：“你们不是那种主要靠颜艺[1]来表演的吧？”

我不太能把握她的意图，但确实是有人讨厌过于夸张的表情。我们的段子里带有颜艺成分的也就“推理小说”那段，所以只要不表演那个就行了。于是我笑着摇了摇头。

“那我们就看看吧。”

我和浅黄交换了一下眼神。

“事不宜迟，那就开始吧。我们是高中同学组成的组合，叫作‘尼姬奖杯’。”

“至少请记住我们的名字和学号哦。”

“学号还是免了吧，那不就是方便学校管理的数字吗——”

在开场垫活儿的阶段，两人就扑哧一声笑了出来。两人之间流动的空气中，似乎带着一丝温情，又有一些紧张。我猜他们可能是刚开始约会，而今天的约会或许也很顺利。我甚至还有多余精力去思考这些事情。

我们故意表演了跟刚才一样的“分班”桥段，结果还真是选对了。这两人似乎都是笑点比较低的类型，对我们抖出的包袱也都是照单全收。在不到一米的距离，完全陌生的大人们正在因我们而大笑——这个事实让我和浅黄为之一振。

最终，我们表演了三个四分钟左右的段子，这对情侣对所有段子的反响都很热烈。最后男人掏出了一千日元，不顾我的推辞

[1] 颜艺：搞笑表演中的一种技巧，通过故意做出极度扭曲的表情来塑造喜感。

硬是塞到了我手里。他那刺猬头稍微有些扎到我的脸，但我的内心却变得一片火热，完全不在意这些了。

“太有趣了，配合得真是默契！加油呀，年轻人！”

历经这跌宕起伏的初次表演，我们对街头漫才越发着迷了。

我们通过一个个包含逗哏和吐槽的表演，来判断哪些效果好，哪些反响差，又有哪些表现不如预期。接着我们又一个个改进，再次表演，继续反思，就这样不断循环。

继首次表演后，我们每周都会在周末出去路演。一开始我们还有些害羞，但如今已经彻底习惯，甚至逐渐乐在其中了。

当然，有时会碰到一些难缠的观众，也有时三四个小时都没人来，还有表演到一半观众就走了的情况。此外还有不少过来搭讪浅黄的男人，也是相当令人头疼。不过当我们发现，只要巧妙地让对方知道“我们正在录像录音用于回顾提升”，他们也就会识趣地离开后，这也就不再是问题了。

开始路演后，我感到了一种变化，我开始对浅黄的段子提出自己的想法了。由于可以看到观众的反应，所以我也会提出一些建议，例如“这里可以这样说”，或者“这个吐槽由我来说会有些不自然”之类。以前我只是被动地记下浅黄的剧本，但如今我会按照自己的意志去尝试灵活改编。这种过程，让我对漫才的热情提升到了一个新的高度。

我切身感受到自己正在朝着某个目标而努力。为了实现高中生组合夺得 M-1 冠军的目标，我们所付出的汗水可是没有半分折扣。我觉得，路人观众的任何反应都能成为我们前进的养分。虽然分给学习和约会的时间因此而减少，但我还是想办法瞒过了父母和夏目，不断向前努力。哪怕到了十二月，我们的路演频率也没有减少。平时我们在家庭课准备室练习，周末就去桥下的河滩，练习一番后再去路演。碰上雨天，我们就穿着雨衣去商业街。

*

今年的平安夜是在周六。我们虽然还是照常练习，但在上午就早早结束了。浅黄留下一句："至少今晚还是和樱花一起好好过吧。不过明天得一起去商业街，然后晚上记得看 M-1 决赛哦！"说完就笑眯眯地回家了。

晚上，我和夏目去看了乃崎植物园的彩灯。她说她早就想好了，要是交到男朋友的话，平安夜一定要来这里，我便遂了她的心愿。

夏目看着眼前如花田般绚烂的灯光，在一旁不住地发出赞叹声。我看着她，心中思索着与"彩灯""圣诞约会"相关的漫才素材。

——登场频率不高却令人印象深刻，那就是圣诞树了。

——人群和彩灯总是绑定在一起，就像鳗鱼和山椒一样般配。

——上一休三百六十四的，只有圣诞老人了吧。

然而这些句式都不够精彩，统统被我扫进了脑海里的垃圾桶。果然，一心二意是想不出好点子的。

我收了收心，还是专心跟夏目聊天吧。

"樱花，你也在准备文学奖的事吧？什么时候截止？"

"是文艺奖啦！"夏目叹了口气，"截止日期是三月，可我准备得一点也不顺利。每写一句话，都会痛感自己才华匮乏。"

“我太懂了。要怎样才能真切感受到自己的天赋呢？”

我坦诚地附和，夏目却嘟起了嘴。

“这种时候，我是希望你说‘樱花，其实你很有天赋’来安慰我啦！”

“那可做不到。你还一次都没让我读过你写的东西呢。”

“即便如此，你也每天在接触我的文字和语言呀！像是聊天啦，发的消息啦，偶尔给你写的信啦。如果连最亲近的你都无法感受到一丝我的天赋，那我又如何凭借文字去获奖呢？”

“要这么说的话……”我鼓起勇气问道，“你觉得我有搞笑的天赋吗？”

夏目又一次嘟起了嘴。

“你什么时候变得喜欢把话题往自己身上扯了？”

“跟你聊天的时候，我就容易这样。”

“是聊到漫才的时候才这样吧？”夏目笑了，“在这种意义上，我觉得你很有天赋。天赋的必要条件就是能沉迷到某件事里。”

“其实你也很沉迷文学不是吗？”

“我沉迷的不过是空想而已，我只是厌恶现实。而将空想具象化的手段就只有语言了。我不会唱歌，也不会画画或拍视频，只能用排除法来选择语言。这种事情，语言本身也会厌恶吧。它想要亲近的，一定也是那种明明有其他选择却还是挑中了自己的孩子。”

“这种说法倒也有点文学的意思了。”

“用我最讨厌的俗语来说，这纯属是精神病患者的妄言。”

夏目那缺乏自信的不平衡感此刻展露无遗。她既有“与其他人不同”的自我意识，却又缺乏支撑这种自我意识的自信心，从而导致内心不安。

“我倒是很享受与你的对话。最初我只是因为你长相出众才关注你，但后来我真的被你的谈吐所感染，也十分钦佩你。”

夏目拉起我的手，靠近了我身边。她仰起头，从我胸口的位置望着我的脸。小巧的脸庞上，瞪着一双格外坚定的大眼睛。

“我说，要不要来我家？”

我明显感觉到气氛为之一变，有些不好意思，便故意打起了马虎眼。

“怎么，要玩抽积木吗？”

“你知道的吧，我爸妈不在家。”

我陷入了沉默。再怎么说，我还没有迟钝到听不出这句话的弦外之音。

“要是樱花你不介意的话……”

“你父母那边呢？擅自在外留宿没关系吗？”

“嗯，只要成绩能保持住，在外面住一晚什么的应该也不会说啥吧。”

“那就去趟便利店吧，买点住宿的东西。”

果不其然，我感到自己的心跳加速了。我努力保持着冷静，摆出一副“我可没有半分非分之想”的表情，低声说道：“不知有没有隐形眼镜护理液跟盒子。”

*

第二天一早，我没有回自己家，而是直接从夏目家来到了商店街。

“哇，你这身衣服……不是吧？”

她注意到我的衣服还是昨天那套，立马指了出来——嘴角跟眼睛都快要笑到一起去了。

“别搞得像周刊杂志那么直白好吧。”

“这比喻一点也不犀利啊，是处男毕业的缘故吗？春风得意的时候连反击的台词都会变弱吗？”

我无言地忙着手头的准备工作，将纸皮看板组装起来，用胶带固定好。

“说吧，到底是什么情况？你这件毛衣明显是昨天穿的吧？而且头发上还带着跟以往不同的洗发水香味。总不可能是错过了末班车，在网咖歇了一晚吧？”

“你跟夏目樱花也交往了半年左右，平安夜这种绝佳的机会，再准备好一个舞台的话，绝对是好时机……”

实在是被说得有些郁闷，我忍不住脱口而出：“不说话你不会就当默认了吗？真是不讲究。”

浅黄故意发出了一声喉咙被掐住似的高声尖叫。

“这是什么炫酷的官宣方式呀！你的兴趣有点让人难以恭维。”

“哎呀，我是为你们开心啊！”

“别把关注点放在樱花那边啊！”

“没问题吗？路人们可不知道你的好心情。保持心态平稳，别忘了场下还有观众在看，发声也不要放松。”

“别一下就从粗鄙之语转到严肃的讲解啊，冰火两重天吗？！”

“哦，这个不错！找到感觉了。”

我深深呼出一口气，轻轻晃了晃肩。

“无所谓。不管什么事都没关系。上吧。”

“哦，有魄力！来吧，我们上！”

我们微微颔首，提高了音量。经过无数次重复后，揽客的吆喝已经融入了我们的身体。

“大家好——我们是‘尼姬奖杯’！”

“下面我们要表演漫才了！只要聚集几名观众我们就马上开始，圣诞大白天就开演的街头漫才，大家有兴趣吗——”

*

投身漫才的日子里，我感觉自己仿佛已经完成了人生的所有大事：新年、情人节、分班、模拟考、我的生日、升学志愿表、体育祭、暑期补习班、M-1大奖赛第一轮……

在此期间，我跟父母吵了三次架，跟夏目吵了六次架，跟浅黄只吵了一次架。

跟父母吵架的导火索是我在模拟考中，头一次只拿到志愿学校医学部的D级判定，而且那时我同时决定参加业余漫才比赛来做M-1之前的调整。而与夏目吵架的契机则是交往一年的纪念日恰好跟那次业余比赛撞车。此外，我还跟班主任发生了很大的争执。虽说是乡下，但既然是重点高中，我又志在医学部，班主任自然还是十分关注我的备考态度。

与浅黄的争吵，是我在承受的所有这些压力到达顶点后，向她质问“你为什么这么执着在高中阶段就要获得M-1冠军？”却得不到回应时而爆发的。而当父母、夏目和老师对我讲道理，问我为何不在上大学后再去挑战M-1时，我也无从反驳。当然，作为一名漫才师，我对自己正处于绝佳的状态很有自信，也担心如果现在停下来，好不容易找到的感觉又会溜走。然而仅凭这些理由无法说服他们。浅黄曾说过希望在高中阶段获得 M-1 冠军，那时我觉得总该让我知道个中缘由了。

“要是能闯进决赛我就告诉你，等等吧。”

对此我自然是无法接受。面对我的反驳，浅黄跟我激烈地争吵起来，我们相互辱骂，扔起书包、折叠伞，还有装体操服的袋子，差点都动了手。我甚至怀疑，我们不会在第二轮比赛前就要解散了吧？

在这剑拔弩张的气氛中，浅黄突然低声说道：“我高中毕业后就要去工作了，今年是我最后一年跟你表演漫才的日子。”

浅黄的话不多，但我知道她想要表达什么。我其实已经隐约察觉到了，却一直对其视而不见。

“家里欠了不少钱。”

这家伙升上高三后，明显学习开始懈怠，除了准备漫才之外，其他所有时间都泡在电脑室，缠着信息课老师教她各种软件的使用方法。在这所旨在升学的重点高中里，除了考上大学或复读，几乎没有学生会选择其他道路。在入学时，大家都是以考上顶尖国立大学为目标，家境富裕的学生则会将东京的私立大学也纳入视野，这才是正常的思路。至于直接就业，根本就不存在这个选项。

“你父母说了什么吗？”

“没什么。”

我无法继续追问下去，但在此刻，我下定了决心。

“我会让我父母做好让我复读一年的心理准备，再向夏目诚挚道歉，祈求她的原谅。所以，如果我们能进决赛的话，你可要将自己的理由一五一十地告诉我。”

我们两人都已耗尽了体力，意外地变得更加坦诚了。

“我会告诉你的。”浅黄露出了寂寥的笑容，“不过，撇开原本的目的不谈，我希望和你一起尽全力走下去，这一点是毋庸置疑的。就好比棒球选手的目标是甲子园一样，只不过属于我们的全国大赛不光有高中生，还有成年的职业选手。没有目标的话，就无法前进。抱歉，为了我，请你让那些无关的人闭嘴吧。”

十月份，“尼姬奖杯”组合突破了第二轮，超越了去年的成绩。

*

“尼姬奖杯，引领热潮！”

浅黄把自己的手机伸了过来。我看着屏幕，自己也在推特上搜索了一番。

——晋级准决赛的业余选手果然不是一般人。

——抛开年龄和专业因素，他们让我笑得最欢。

——要论“笑果拔群”，当数“尼姬奖杯”。没想到高中生组合竟能引爆全场。

六千五百组选手中只有一百二十五组能晋级的“准决赛”结束后，我们都没有直接回家的意思，而是跑到会场附近的麦当劳点了份奶昔，便开始沉迷于自我搜索。用“沉迷”这个词来形容我们此时的行为可谓毫不为过。

只因在刚才那场演出里，我们获得了前所未有的反响。

搜索栏中输入的关键词除了“尼姬奖杯”之外，还加上了“M-1 准决赛”的字样。搜索结果里，有人逐一点评东京会场六十组选手的段子并发布在博客上，有人在推特上以“总结”的形式列举出自己喜欢的组合，还有人罗列出各组合的名字，并在旁边打上了诸如 82 分、90 分、A+、Δ之类的评分。社交网络上到处都是对我们的评论，要多少有多少。

这些评价，虽说程度有所不同，但都对“尼姬奖杯”褒奖有加。有的评论开头就表示“沉着冷静得看不出是高中生”，还有的评论以“不管是不是高中生……”为前提，更多的人则没有提及我们身为高中生或业余选手的背景，而是直接对段子进行了点评。至于用数字或字母来打分的人，则基本对我们给出了 90 分或 A+ 以上的好评。

这些评论中，有三四成的人都写了“还是‘尼姬奖杯’笑果拔群”这句话。

正如字面意思，通常人们用“笑果拔群”来指代当天最搞笑的组合。“尼姬奖杯”之后也有很多有趣的组合，其中也有数组表现非常出色，有人认为他们才是“笑果拔群”。但总体而言，出现得最多的还是尼姬组合的名字。

“我们能行吗？”

我差点脱口而出这句话，但最终还是忍住了。我担心一旦说出口，就会心生怯意。迷信也好，玄学也罢，总之我不想让自己的任何一句话或一个举动成为阻碍我们前行的因素。

浅黄则故意板着一张脸，说道：“才到准决赛呢！老实说今天从感觉、笑声和评价的情况来看，怎么都应该通过了。不过这本就理所当然，我们的目标可是冠军呢。即便今天晋级了，后面还有二十多组需要击败的对手，现在就飘飘然还为时过早。”

“明明我刚坐下你就迫不及待地把手机递给我了，是你在得意忘形吧！”

“我可没动，连鼻头都没皱一下。不如说这都是预料之中的结果，反而都有些无聊了。”

“你有时候也挺可爱的嘛。”

“以后再对我说‘可爱’这个词就杀了你。”

一周后，M-1 大奖赛的官网和社交账号上发表了此轮比赛的结果。

“尼姬奖杯”成功晋级准决赛。对手还剩下二十五组。

*

“大家好！我们是‘尼姬奖杯’！”

“我们是高中三年级学生，是同班同学的组合。”

“要是有大人胆敢问我们是不是在交往，我就用吸尘器把他们统统吸一遍！”

准决赛有很多东京观众，听说不少还是吉本艺人[1]的铁粉。我一直在担心他们能否接受业余高中生组合，但开场的垫活儿还

[1] 吉本艺人：日本著名经纪公司吉本实业麾下的艺人。

是成功地引发了一阵笑声。

我们是第四组登场，此时会场的气氛只能说尚未彻底调动起来。考虑到比赛还处在序盘阶段，我们判断正统的短剧漫才比富于变化的话艺漫才更能带动现场观众。

我们一共准备了四段四分钟的段子，其中“时空警察”和“推理小说”是加入了短剧设定的“短剧漫才”，而“道歉”和“育儿”则属于不带设定，两人以真实身份进行对话的“话艺漫才”。时空警察已经在准决赛时表演过了，如果考虑到决赛的话，这次会想试试还没在预选赛中用过的段子——自然而然地，我们便决定好了后续的内容。

“我呀，一直很憧憬推理小说里的侦探。”

“哦，那是很酷啊！‘犯人，就在我们之中’对吧？”

“我想试试当一回侦探，要不你来扮演犯人吧？”

进入短剧环节后，观众们就像往常那样，在揭露笑点的地方爆发出了笑声。会场十分宽敞，天花板也很高，空旷的部分似乎比观众席占的比例还要高。不过我们一直以来都是在室外环境下表演漫才，早已习惯了宽敞的空间，因此并未被会场的气势所压倒，而是按照正常的节奏表演了下去。

然而，就在漫才进行到两分钟，也就是刚好过半的时候，浅黄出现了异样。

“喂，一般侦探推理的都是杀人案件吧，你怎么推理起猥亵物品陈列案了？”

“哎呀，难道我搞错了？”

“猥亵物品陈列案一般只会抓现行啦！你认真点啦！”

这个话题在此就会告一段落，下面该由浅黄引导到下一个包袱。我们不想在这里拖泥带水，所以通常在我吐完槽后，浅黄就会立刻说出下一句台词。

可是，在这个节骨眼上，浅黄的声音没有出现。只是比平时慢了零点一秒？不对——我一看浅黄的表情，倒吸了一口凉气。

她正用祈求的目光看向我，我们正好对上了眼。对于一直以来都在坚持“表演漫才时除非剧本要求否则绝不交流眼神”这一原则的“尼姬奖杯”而言，我很清楚眼下的情况意味着什么。

浅黄她忘词了。焦躁感开始蔓延，要是会场的时间能停留在这个瞬间，给我们留出一些空闲来回忆台词就好了。我努力抑制住这种不切实际的想法，思考起应该采取的措施。时间只过去了一秒，勉强还来得及，及时挽回局面也只会有轻微的不自然。

——我必须帮助浅黄。

“既然这样，那就从头再试一次吧。冬季雪山山庄的杀人事件。”

为了填补表演的空白，我临时加了一句台词。一方面是替她争取回忆的时间，另一方面也是借此给她一个提示。

下一个包袱将成为大结局的一个伏笔，所以绝不能省略。假如她想不起来，那么“尼姬奖杯”的 M-1 之旅就到此结束了。

浅黄的眼睛恢复了神采，我暗自在心中握紧了拳头。

“好了，下面让我们来听听凶手的说辞。凶手就是你，土桥！”

浅黄明显是一副侦探扮相，她在这几秒里终于回忆起了下面的台词。

“胡、胡说！你有什么证据？”

“你的泳裤的松紧绳不见了，而她脖子上的勒痕跟那条松紧绳完全吻合。”

“不是，我为何要在雪山山庄穿泳裤啊？！”

“你就是用那条在堂吉诃德[1]买的九百八十日元的老土泳裤上的松紧绳把她勒死的，对吧！”

“我为何要在雪山山庄穿堂吉诃德的泳裤啊？！”

“因为你这家伙总是反着来呀。你就是那种别人都在抬头看烟花的时候，你偏要在地上妨碍蚂蚁列队前进的男人。”

“我才不会这么暗搓搓地抬杠！不对，就算真是如此，会妨碍蚂蚁列队前进的人怎么会买堂吉诃德的泳裤呢？！”

我用前半段的内容作为铺垫做了个吐槽。观众席上爆发出一阵闷雷般的笑声，仿佛浅黄压根就没有忘过词一样。

“话又说回来，我要是真的用腰带绳去杀人，未免也太心大了吧？哪里用得上名侦探，是个人都能看得出来。”

“我只是想把凶手设定成和你差不多智商水平的人而已。”

“你就扯吧！我的升学模考成绩最高可是拿到过全国第十二名呢！”

“在M-1准决赛上谈升学模考成绩的家伙实在是逊爆了。”

“看我不揍你！”

接下来我们表演了一小段追逐打闹的小剧场。浅黄精妙的肢体语言和翻白眼的颜艺，激起了一阵高过一阵的笑声，仿佛在现实中演绎出了乐谱中的渐强符号。

“别再用那臭脸来嘲讽我啦！”

小剧场以我的吐槽告一段落，接下来的桥段由浅黄来开头。

“算了，那就由我来扮演一个高智商凶手吧——”

---

[1] 堂吉诃德：日本大型的连锁便利店。

之后的一切都无惊无险，我们顺利完成了最后的表演。然而，我和浅黄都心知肚明——

虽然不乏笑声，但还算不上哄堂大笑的程度。

这种水平离“笑果拔群”还远得很。

我们不可能进入决赛了。

漫才表演结束后，我们打起精神从台侧退场。刚撑到观众看不到的地方，浅黄就几乎崩溃了似的倒了下去。眼见她就要撞到头，我还来不及回味刚才的表演，就眼疾手快地扶住了她。

“你没事吧？”

“我以为我死了，我真以为我死了。”

浅黄哭得梨花带雨，反而让我冷静了下来。她的身体不断起伏，分不清是在微微呼吸还是在哽咽，涨红的脸庞扭曲得不成样子。

周围几名一直在盯着舞台看的候场选手走过来问：“没事吧？”在后台休息室，他们脸上的表情无比严肃，全然不见平时电视上常见的笑脸。在这里候场的感觉比我以往经历过的任何一次都更为紧张，明明吸烟室在外面，但光是透过来的，烟味都格外浓郁，稍微一点动静都有可能引发一场争执。即便如此，看到一个女高中生哭成这样，他们还是会过来关心询问。真是好人啊！我心中如此想。

“没、没关系的。抱歉让大家看到我失态的样子。我没有哭，别小瞧我，我是来战斗的。”

浅黄推开其他候场选手伸来的手，以手掩面跑了出去。我向关心她的各位选手深深行了一礼，而后追了上去。哭泣的女高中生，这情景足以说明一切。这并非她希望展示给自己憧憬之人的姿态。

浅黄穿过走廊，一口气冲到了户外的消防楼梯那里。我紧跟在她身后，在空无一人的环境下，浅黄哭得更厉害了。

“给我，一点，时间。现在，不管你跟我说什么，我都没法，正常对话。”

我把自己的外套披在了呜咽不止的浅黄的背上。消防楼梯位于大楼与大楼之间，阳光完全照不进来，这里冷得让人想笑。虽然现在也不是什么值得发笑的时候就是了。

我靠在扶手栏杆上沉默了一会儿。除了墙壁以外，这里并没有什么值得一看的东西，无聊得很。不过我也知道，这种情况下沉默才能引出对方的话语。

浅黄终于打破了沉默，断断续续说道：“我突然有些害怕……脑子里……变得一片空白。”

她的声音在颤抖。此刻她已经度过了哭得最惨的时候，但从声音中可以听出，她随时都有可能再次情绪崩溃，就好比在表面张力的作用下勉强维持住的水面一般。

“准决赛的舞台果然还是太可怕了。”

“不对。我不是在害怕舞台，也不是在害怕其他的漫才师。我们开头的表现顺风顺水，所以我就在想自己离梦想已经只有一步之遥了。就在这个瞬间，我突然害怕了。”

我十分理解她的感受。

在东京的剧场里与二十组强敌展开漫才对战。

记得浅黄一直自信满满地对我说：“来跟我一统天下吧！”

当目标还很遥远时，某种意义上反而会更轻松。谈论一个遥不可及的梦想，自然是很有趣的。而最可怕的，莫过于梦想触手可及的时候。梦想开始带上现实的味道，也带来了恐惧。因为梦想实现和梦想破灭两者的可能性，都已经迫近到了眼前。

“啊，当时我想，要是在这里赢了，我们就能登上决赛的舞台，让我们的漫才响彻全国。我已经想象出了那个画面。然而下个瞬间，画面又反转了。我意识到，要是在这里失误的话，这一切就会统统化作泡影。于是，我就把那一段包袱给忘了。”

“忘得一干二净。”

“多亏了你的即兴发挥争取到一些时间，我才终于想了起来。当时我的泪腺已经马上就要崩溃了，但我拼命忍住，心想一定要坚持到最后再哭。结果眼泪憋到最后，就成了现在这副模样。”

我刻意没有说出逗笑的话。

“你已经尽力了。”

“我才没有尽力。是我把自己脚下的梯子给踹倒，让自己摔了下去。梦想触手可及的时候，我却畏惧它的高度而跳了下去。真是，我怎么会这样……”

“浅黄叶由！”

我故意喊出了她的全名，正如当初她邀请我时那样。

“谢谢你带我走到了今天。”

为了传达我的真心，无须更多话语。备考、与夏目的时间、朋友们邀请我去的卡拉 OK、海边，还有麦当劳，我舍弃了所有。倘若浅黄对此感到哪怕有一丁点亏欠，我都必须要消除她的这种想法。

我是真心觉得，我能走到今天这里真是太好了。

抱膝而坐的浅黄只是说了一句“笨蛋”，就把脸埋进了自己的膝盖里。忽然，她又猛地站起来，抱住了我的腰。

“谢谢你。能有你在身边，与我一起努力，真是太好了。”

话音刚落，一股现实感突然涌上心头，我的脸变得火热起来。浅黄似乎也一样，她突然松开我，吐出一句：“再说，还没结束呢！”

我故意开玩笑地说道：“刚才这氛围，如果我们是刚开始交往的情侣，那肯定要出事吧。”

浅黄则温柔地眯起带着泪痕的双眼，微微笑了起来。

“少来这种无聊的比喻。我告诉你，我现在可穿着毛线内裤。哪怕碰上万分之一、亿分之一、兆分之一、京分之一的可能性，你动了什么歪念头，为了打破那时的氛围唤回搞笑空气，我特意穿上了超级土气的毛线内裤。”

我笑了笑：“不至于这样，跟你在一起的时候，我只会感受到搞笑的氛围。”

之后，我们俩一时无言，沐浴在东京冷得要命的寒风中。

离晚上八点的结果发表——也就是我们登上断头台的时刻，还有一点时间。

期间，浅黄突然低声说道：“不是我带你来的，是我们携手走来的。”

“你可真会挑时机。”

晚上八点，大赛官方念出了晋级决赛的九对组合的名单。

“尼姬奖杯”没有被点到。

*

老实说，我本打算第二天请假不去上课了，但浅黄发来消息劝我再怎么郁闷也应该去上学，夏目也说要跟我一起回家，而我正好也想跟她谈谈，所以还是强忍着低落的心情去了学校。

我正在停车场给自行车上锁的时候，浅黄的声音从身后传来。

“早，真是个清爽的早晨啊。清爽到完全看不出昨天犯了那种低级失误。”

“对自己这么尖酸刻薄，又不会有什么好处……”

我刚转过身，就闭上了嘴。更准确地说，是被惊得忘记了下面的话。

我的视线前方，浅黄原本披肩的长发已经被剪得干干净净，变成了露耳的少年短发。她的小脸也显得更紧凑了。

“你，你这头发怎么搞的？”

“嗯，午餐的时候再跟你说。”

浅黄抛下这么一句，把自行车随意一停，便往教室去了。

“在舞台上，视觉信息是我们首先展现给观众和评委的内容。”

午休时间，我和浅黄从小卖部买来面包，聚在家庭课准备室。浅黄的短发让我觉得有些陌生，久久无法平静下来。或许这就是改变形象的奇妙之处吧。

“我姑且恬不知耻地说一句，希望你别当我在开玩笑——就是说，就搞笑艺人而言，我的脸长得太标致了。”

“即便前面说了那么多，但说出这话还是很羞耻啊！”

“现如今，要说以貌取人对不对，那自然是不对的。然而，人们并不会抱着这个念头去看漫才。当看到俊男靓女表演漫才时，观众们的注意力有一部分会被他们的外貌所吸引。我们在开场用‘高中生男女’这个设定多少能抵消一点影响，但对于表演的内容而言，我们的外貌始终是个干扰。所以……”

浅黄摆出 V 字手势，做了个剪头发的动作。

“总之我就先剪短了。”

“你之前不是执意要留长发吗？”

“嗯，算是吧。我本身也比较喜欢长发，而且短发还得经常去理发店，开销也会增多，所以从这个角度来说我也是长发派。不过，头发还会再长的嘛。最后一场比赛，我已经做好全力以赴的准备了。”

听到这里，我深深呼出了一口气，心中的一个担忧消失了。

“嗯，你没有失去战意真是太好了。”我轻轻摸了摸浅黄的头发，“败者复活战，你真的会去吧？”

“当然要去。我们只有这一条路可走了，反过来说，我们还有这一条路可走。”

决赛当天中午，止步于 M-1 大奖赛准决赛的选手可以在户外舞台上参加败者复活战，再表演一场漫才。比赛全程会通过电视进行直播，观众投票第一位的组合可以获得决赛的最后一张入场券。这意味着要和那些常年出现在电视和剧场里、拥有大量拥趸的艺人去比拼观众投票数和人气。

直到今天早上，我还在担心浅黄会不会就此心灰意冷，一直放心不下。只因败者复活战胜出的希望实在太过渺茫。

“大干一场吧！来一场最受群众喜爱的漫才！”

“还有最后两周，奉陪到底吧！现在放弃还为时过早，我们还有最后一次，四分钟表演漫才的机会。我们要带着最棒的四分钟上场，为此我们必须付出一切必需的努力，路演也要继续下去。”

这家伙怎么可能会放弃呢？我真是杞人忧天了。

“我也会尽我最大努力的。”

我特意没去想输掉比赛的事，只考虑如何去赢。

一直以来，都有一件事让我耿耿于怀。今天，我打算趁机把它解决掉。这既是一种象征，也是单纯地因为我感到自己已经到了极限。

“我要和樱花分手。”

听到我的宣言，浅黄轻轻地吸了一口气，等着我的下文。

“一年半的交往中，我们留下了许多美好的回忆。我真的很感激你介绍她给我认识，她真的很有趣。不过，拖到现在，我觉得也是时候分手了。”

我没想到，浅黄竟十分激动，甚至毫不掩饰自己的反对之意。

“真的好吗？若是因为要准备败者复活战的话，你就不能等两个星期再提这件事吗？”

“不是这样的。我估计樱花今年就能考上东京的大学，而我今年肯定没戏。我觉得她应该去大学开始一段新的恋情，获得幸福。”

“你这是什么奇怪的未来规划。话说，她知道你这么自作主张吗？她说过她希望这样吗？”

浅黄似乎意识到自己的语气有些强硬，又摇了摇头，说：“行了，你自己不后悔的话那就随你吧。不过，要是会后悔的话那就还是算了。”

我点了点头。

“今天放学后我就会跟她说，我已经发消息约她出来了。虽然不知道会是什么结果，但我还是希望在败者复活战之前解决这件事。”

*

下午六点，讲解高考技巧的授课结束了，我是一个字也没听进去。我跟夏目约在了特殊教室云集的教学楼西楼四楼的某处楼梯拐角。除了要去这所学校使用频率最低的“家庭课准备室”的情况之外，没有任何人会路过这里。

准确地说，昨天我就发了消息告诉她，放学后我想跟她谈谈。我想当面跟她把话说清楚。虽然在初中时曾有过一次提出分手的经验，但其实我对此相当头疼。这世上真的有擅长分手的家伙吗？相处一年半的时光里，我们之间比任何人都要更亲密，而我却要让这份关系变得无比疏远。

夏目所在的 D 班位于教学楼东楼四楼，我猜测她会经过连廊从上面下来，所以一直在关注上方的动静。没想到声音却是从下方传来的。

“没等多久吧？”

我转过身，从拐角处朝下面看去，寻找声音的主人。

“不，没多久——”话没说完，我又语塞了。

夏目的头发痛快地剪短了。她原本是一头乌黑油亮的齐肩长发，曾经在吃汉堡的时候还很碍事，如今已经消失不见，取而代之的是完美贴合她脸部轮廓的短发波波头。近乎圆形的轮廓，散发着与以往不同的别样美感。

“反正都要失恋了，不如干脆先剪短一点。”

夏目调皮地笑了笑，仿佛在说自己已经看穿了我的心思。从下方往上看，自然就变成了仰视。她用最能彰显出魅力的角度，来了一场鲜明的形象转变。

“我表现得那么明显吗？”

“我想，至少被甩也要被甩得漂亮吧。今天要对你说的话，我都事先想好了剧本。”

明明是我提出分手，此刻却完全进入了夏目的节奏。一时间我无言以对，只好坦率地说出自己的感想。

“你还真厉害，我太佩服你了。我的大脑里绝对有一部分只有跟你在一起的时候才会用到。”

“其实我更想要简简单单的赞美，例如‘可爱’什么的……不过你这句也不赖。”

“短发版本也很可爱。”

“比叶由更可爱？”

“那家伙可是为了变得不可爱才剪掉的。”

“是吗？嗯，也行吧。不过，你应该还有什么话对我说吧？毕竟在现在这个瞬间，我们俩依然还是男女朋友关系。”

夏目这宛如演戏般的台词恐怕还真是提前准备过的。听她这么说，我感到自己心里一揪，认真地说出了那句话：“我们分手吧。”

周围的温度仿佛瞬间下降了两三度。夏目轻快的态度，让我说出的分手台词更显反差了。

“我知道我很自私，明明是自己先表的白，现在却还要说这些话。我在高二那年春天开始投身漫才，也是从那一阵子开始和你交往。你和漫才一起陪伴我度过了差不多相同的时间，但对我来说，果然还是漫才更重要。一边跟浅黄一起表演漫才，一边跟你交往，这种日子一直让我觉得如鲠在喉。我希望自己在败者复活战的舞台上所表演的，不是为了和你交往才勉强开始的漫才，而是真正为了给他人带来笑声的漫才。我知道这是很自私的主张，这种执念也很傻，但我还是希望在这里做一个了结——结束我们的关系。”

“说得好。”

夏目的态度不为所动，连声音都没有半分颤抖。

她轻轻拍了拍我的肩膀，轻柔得就仿佛是一只蝴蝶停在了肩膀上。仔细一看，她的右手上有一处令人心疼的烧伤痕迹。我这才意识到，我过去竟然从未注意到这一点。

“虽然这话绝对不应该由我来说，不过，你能继续和浅黄做朋友吗？”

“你谁啊？！”

夏目这句话故意用了夸张的关西腔。她的样子美得惊心动魄，让我喘不过气来。

“我也不知道能不能和她继续做朋友。我可能突然兴起就去了远方也不一定。不过倒是没什么好担心的，毕竟叶由还有你陪着嘛。”

“我们不是那种……”

“我知道，那不算爱情。我一直觉得你俩之间就像是‘算不上爱情的爱情’那种感觉，就像《欠踹的背影》[1]一样。但也不完全是那样，或许‘战友’这个说法才最贴切吧。以战场为友，专属于你们两人的友情。”

战友。从夏目口中说出这个词语，竟不可思议地直接深入了我的脑海。当然，浅黄自然不会用“我们可是战友”这种直白的

---

[1]《欠踹的背影》：绵矢莉莎所著的青春小说，于二〇〇三年出版，获得了第一百三十届芥川龙之介奖。

说辞，但要用一个词来形容她的话，“战友”真是再贴切不过了。

“你到底还是那么厉害，我真佩服你。”

夏目耸了耸肩。

“老实说我现在很生气，我又那么喜欢你，一想到自己竟然输给了漫才就更是睡不着觉，想哭到不行。不过等你走了，我本也打算痛哭一场的。”

“嗯。”

自始至终，夏目也没有哭。她用不带一丝颤抖的声音，说出了最后一句话。

“最后，让我见识一下能让这样的我也能笑出来的漫才吧。”

*

“不行，我感觉想吐。”

要是咬到舌头了怎么办？如果忘词了怎么办？假如伸手去调麦克风高度却把它撞倒了怎么办？这些负面想象接二连三地涌上我的脑海，又被我用理性强压了下去，我提醒自己迄今为止我从未有过这种失误。我感到呼吸很浅，喉咙也很干，于是我又在嘴里含了一小口绿茶，润了润嗓子。这已经是我在这十分钟里第十次补充水分了。原本应该是热乎乎的绿茶，此时已经彻底冷透了。不知是因为寒冷，还是因为紧张，抑或是二者皆有的缘故，我的身体在微微颤抖。

浅黄浮夸地拍打着我的背，哈哈大笑。

我不堪其扰，全力抗议道：“你不是吧，这可不好笑。我是真的要吐了。”

“五分钟后随便你吐，哪怕我帮你接着都行。”

“拜托了，至少让我吐在马桶里吧！”

“我还比不上马桶吗？”

“毕竟马桶不会在事后向我索要精神损失费。”

“我也不会啊。我马上就要去赚一千万了，你那点小钱我才不放在眼里。”

“别夸海口了，胜利可是会跑掉的——”

“‘尼姬奖杯’的两位，马上就是你们了。”

听到工作人员的提醒，我们立刻沉默下来，无言地登上了侧台。

“照常发挥，全力以赴！”

浅黄低声说道，一半是对着我，一半是对着自己。要说的话，这句话的重心似乎放在了她自己身上。

前一个组合的漫才已经结束，赌上全身心的四分钟表演落下了帷幕，他们鞠躬谢幕后便退场了。我不知道他们的表演“笑果”如何，但至少是没听到掌声和笑声。

低沉的出场音乐响起，让我的腹部都随之震动。仔细想想，我们还是第一次在正式的户外舞台上表演。只要从侧台踏出一步，就能看到观众席上挤满了穿着翻领大衣和长羽绒服的观众。在这天寒地冻的日子里，在圣诞前夜这一天的正午，我们这对高中生二人组表演漫才的四分钟时间里，看向舞台的数百对眼睛只会注视着我们两人，数百只耳朵正等待着我们的台词。至于在电视机前的观众，则是数以百万计。

不可思议的是，在我登上舞台的同时，紧张感瞬间消失不见了。我们只需把这一年半以来所做的事情再做一遍就可以了。正如往常那样，浅黄那带点傻气又充满活力的第一句话，在到达麦克风之前便已经脱口而出。

“大家好，我们是‘尼姬奖杯’！”

我的脑海中闪现出我与浅黄一年半的回忆，那是为了在这里获胜而竭尽全力的一年半。饶了我吧，这不就像死前的走马灯吗？我在心中笑道。

实际上也没错。如果在这里输掉，那我们也就结束了。我们的组合将就此死去。

“我们是高中三年级学生，是同班同学的组合。”

“要是有大人来问我们是不是在交往，我就诅咒他们这辈子被警察盘问的次数乘以二！”

我们最后的漫才拉开了帷幕。

“我呀，毕业之后想成为一名时空警察。”

*

我推开那些想要采访的记者，拉起满脸苍白魂不守舍的浅黄离开会场，乘上了返回切缟市的电车。

返程的电车上，我们终究是相对无言。我感觉应该这时说的话，在准决赛之前就已经说完了。

我们在切缟西站下车，取回了停放在那的自行车。此时已是晚上十点过四分，停车时间超过了十二个小时，为此我们还付了一百日元停车费。母亲发来消息，问要不要来接我，我拒绝了。

我没有心情蹬自行车，便一路推着车前行。为了避开那些醉汉，我们选了一条人少的路，沿着河边工厂的外围，走在一条街灯忽明忽灭的小路上。两人一路无话。

渐渐地连街灯也没了，我们只能靠着工厂里透出的稀疏亮光来前进，那似乎是忘记关掉的灯。在沉默与寂静之中，那个场景一次又一次地在我的脑海中重现。

“第四名，‘尼姬奖杯’，230,099 票。”

在十六对组合中排名第四，对于业余选手而言，这已经算是壮举了。我们的名字响彻全国，一举获得了超过二十万的票数，甚至登上了推特的热搜。

然而，我们终究没去成决赛。

我们表演的漫才本身无可挑剔，排在第十位出场算是一个不差的顺序，观众们的反响也很不错。可即便如此，还有三组更厉害的漫才组合。

只差三步，我们就成功了。

我盘算着，今天该不会就这么沉默地一路走到家吧？工厂里不知名机器的轰鸣声打破了我们的沉默。就眼下这状态，直接回家是不可能了。我之前在广播和视频网站上，也听说过败北的艺人们一起去喝酒的传闻。但我们也没有酒。

此刻，冠军应该已经决出，恐怕他们正在众多特别节目之间串场，接受采访讲述自己一路以来的奋斗历程吧。我没有看手机，不敢断言。

就在这时，天空突然亮起耀眼的白光。我们不由得驻足抬头，结果“砰”的一声宛若大炮轰鸣的巨响紧随而来，震撼了我们全身。夜空中绽放出一朵季节错得离谱的烟花，大概离我们相当近。

“这季节怎么会有烟花？”

“是在河滩那边吧？要不要去看看？虽说我们现在的情况完

全没什么好庆祝的。”

说不清是谁提议的，我们一直走到了三边川边上。我们把单车对准台阶两旁的斜面，推着车上了河堤。眼前是熟悉的河滩，从这里能看到我们平时练习的桥底。

我们不会再来这里练习了……对吗？

登上河堤后，一对似乎在练习慢跑的夫妇与我们擦身而过。不知为何他们身上的烟味很重。我一屁股坐在下河滩的台阶上，伸直了双腿。浅黄也学我坐了下来。

又是无言的沉默。

一阵强风呼啸而过，我掏出小包纸巾准备擦鼻涕。与此同时，放在口袋里的入场号码纸也掉了出来，差点就要被风吹走。我慌忙一把抓住它，重新放进背包里。

“我没有父亲。”

打破沉默的是浅黄。

“至少打我记事起，他就已经不在了。我一直以为那是理所当然的，也不觉得寂寞。因为我还有母亲，而她又是那么有趣。我们俩每年都会一起看 THE MANZAI、KOC、ABC 等各种漫才比赛，并对表演评头论足。我母亲总是喝麒麟[1]啤酒，我则喝麒麟柠檬汽水，每次都是如此。”

我抿紧了嘴唇。这一年半以来，我们待在一起的时间比其他任何人都要更多。对她家里的事情，我虽然不甚明了，却也多少有所察觉。

---

[1] 麒麟：日本知名的饮料品牌之一。

“我人生中第一次耍宝逗笑的人，就是我母亲。当时我就像这样，把手放在胸口转啊转，大喊着‘奶子杂技’！嘿，那还是我三岁时的事情，你就别评价我的耍宝品位了。嗯，我自认为那个耍宝还挺厉害的，毕竟我母亲都笑得前仰后合，她还说：‘叶由将来说不定能成为日本最搞笑的艺人呢！’这句话的每个字我都还记得，那是我珍藏在回忆中的耍宝桥段。”

冰冷的河风透过羽绒服，直刺我的皮肤。不知是否出于寒意，我的身体止不住地颤抖。

“我母亲是一名护士，经常要去上夜班，所以我常常会独自度过一整晚。然后我母亲的姐姐……嗯，是叫姨妈来着？”

“除了姨妈还能是谁？”

“嗯，我姨妈住在隔壁市，经常过来照顾我，但她能做的也有限。我一个人独处的时候，就会拿出母亲录制的 M-1 比赛视频，或者她珍藏的搞笑艺人 DVD 来看。即便一个人我也完全不寂寞，因为那些节目都太有趣了，逗得我开怀大笑。我一直在模仿他们，例如‘不可接触[1]’的山崎那种阳光的感觉，或像‘奥黛丽[2]’的春日那样穿着粉色衣服昂首挺胸。那些视频我母亲也全都看过不下五十遍，所以无论我在她面前模仿的内容有多么细节，她都能理解还笑得很开心。这让我感到无比的高兴与快乐。”

“真好啊。”

“可母亲在我小学六年级的时候生病了。”

---

[1] 不可接触：日本知名漫才组合，曾获二〇〇四年 M-1大奖赛冠军。山崎是组合成员之一。
[2] 奥黛丽：日本知名漫才组合，曾获二〇〇八年 M-1大奖赛亚军。春日是组合成员之一。

这些我都知道——但哪怕我早就知道，此时仍感觉自己的心脏仿佛被锁链紧紧捆住了一般，喘不过气来。

即便如此，我也绝不会表露出来。我要全神贯注地倾听她继续说下去。

“葬礼是在我初中一年级的时候。我当时想着自己绝对不能哭，我要是哭出来，母亲也一定会伤心的。所以我打算故意一滴眼泪也不流，让葬礼充满欢笑，我还计划在烧香的时候耍个宝。为此我拼命鼓起精神，葬礼前一天连水都没喝一口，就这么去了葬礼现场——结果，我还是哭了个稀里哗啦。我哭得太厉害，还弄出了脱水症状，被送到医院，没能参加母亲的告别仪式。”

她的语气抑扬顿挫，仿佛在说一个搞笑故事，然而我的脸上却没有牵动一丝笑意。我笑不出来，我怎么可能笑出来。

“母亲不在了，我也就一直独居生活。我那位姨妈每个星期会来看我一两次，但剩下的时间我都是一个人。我不断观看搞笑视频，却再也笑不出来了。一个人，真的好寂寞。再也没有人听我说‘妈妈快看，这个段子也太搞笑了吧’！也没有人给我回应了。”

我点了点头，手却无法动弹。

“从初一那年春天到初二冬天，我一次都没有笑过。我的身体无法做出笑的动作。无论是漫才、小品、综艺节目还是搞笑漫画，没有一样事物能让我笑出来。”

我任凭泪水肆意流淌，却又担心弄出声音来，不想在这里擦眼泪。此时任何噪音都是多余的。

“可我又想，这样下去母亲一定会很伤心的。曾经那么喜欢搞笑的我却再也笑不出来，这不就是搞笑的失败吗？我不想这样，可就是怎么也笑不出来，于是我在初二那年冬天冒出了个想法，那就是自己来创作能让自己笑出来的段子。”

“原来如此。”

“自那时起，我就想我要去拿 M-1 冠军。没错，就是 M-1。就算母亲去世了，但她生前每年都那么期待 M-1，所以我想她每年至少会复活一次或者化身为鬼来看吧？那要是我能在 M-1 决赛上表演漫才，那该有多棒啊！而且冠军奖金还能用来偿还家里的债务，简直是一箭双雕，而且还是两只巨大的雕呢！于是我一直寻找着搭档，最后总算是找到了你。”

此刻，我终于忍不住呜咽出声来。

“明明你自己都没哭……我却哭出来了。我知道这不对……可是……”

“想哭的时候就哭吧，然后想笑的时候就笑。”

我拭去被凛冬的寒风吹得透心凉的泪珠，问出了在回来的路上一直思索着的事情。

“再一次，一次就好。明年我们再挑战一次吧？”

“我就知道你会问这个，但是不行。”

浅黄以毫不动摇的语气断然拒绝道。

“为什么？只要再有一年的话，绝对——”

“我很感谢你。所以你要是提出一些别的要求，例如最后的道别之吻啦，把迄今为止的路演打赏全都给你啦，那些我都可以考虑。但是，唯独这件事不行，绝对不行。”

浅黄故意露出调皮的笑容，这是她聊到严肃话题时的掩饰方式。

“我高中毕业后就要去工作，我不能再给姨妈添麻烦了。姨妈终究只是姨妈，不是我的亲生母亲。我不可能让她供我读大学，我不能贪得无厌。你也一样。你是要去读医学院，成为一名医生的人。我知道你刚才的话是认真的，我也知道你是真心爱上了漫才，爱上了‘尼姬奖杯’。不过，你还是去医学院吧。然后，你可以参加某个搞笑社团，在那里继续漫才之路。现在大学搞笑社团出身的艺人也越来越多了，要是你真的决定放弃从医，打定主意作为一名漫才师谋生的话，就往那条路去吧。不要在这里被我拖住后腿，自己把路走窄了。”

“可是我，和你——”

“我今天就要引退。‘尼姬奖杯’就此解散，我浅黄叶由不再是漫才师，只是普通的女高中生，准备找工作的应届生。而土桥千寻，你是要高考的，不要说今年你考上的可能性也为零吧？”

浅黄爽朗地笑了几声。她用一副不容置疑的语气，来暗示自己已经做出了最终决定。可这层保护壳脆弱如白纸，倘若不用这种姿态来掩饰的话，我感觉她下一秒说不定就会反悔。

这种事怎么行呢？

你以为一直以来我在你身边看到了多少？

“站起来，浅黄！”

我站起身，抓住浅黄的手用力一拉。我就这么牵着她的手离开台阶，将她推倒在了青草丛生的河堤上。

“喂，等等，我说的道别之吻是开玩笑——”

“就当是解散演出吧。”

我翻过身躺在被推倒的浅黄身边。不知名的野草刺得我脖子痒痒的。正好旁边有一根不知是什么东西的黑色细长棒状物体，我把它放在了我们两人之间。

“你希望留到决赛的段子是那个吧？不是道歉，不是推理小说，也不是时空警察。”

“啊？你突然在说什么？”

浅黄试图起身抗议，被我用左手按了回去。

“正前方在那边。”

我直直伸出右手指向天空。冬日的夜空里，升腾着袅袅烟雾。

“表演漫才时，只要剧本里没有写就别看我这边。”

“你——”

“来吧。你母亲大概正在这附近看着呢。比起 M-1，她更想看到的是你呀。我们就在这里表演，这是‘尼姬奖杯’的解散演出。”

浅黄沉默了一会儿之后，深吸了一口气。她的动作十分刻意，仿佛是在按下转换开关。

“第一次路演的时候，观众也是只有一个人呢。”

“是啊。现在我们的受众范围可比那时候大多了。”

“明明只有一个人也能算受‘众’啊？”

我们边吸着鼻涕边笑了出来。我拍不到她的背，便轻轻推了推她的肩膀来代替。

“全力以赴吧！无论观众在哪里，都要用腹腔发出足够大的声音让对方听见。”

我们一起深呼吸，用冬天的空气填满了肺部。

“大家好！我们是‘尼姬奖杯’——”

第三章

科幻小说

未来贝斯

祝你生日快乐。已确认到 ID：O000002——夏目樱花大人的年龄已满十八岁，认证“建筑师”技能（等级 X）的使用资格，移交专用使用说明书后即可使用该技能。此外在使用该技能时，由于电子对生成效应，会发出 1.023 兆电子伏特以上的伽马射线，但其对使用者及周边的影响将通过“辐射技师”的技能进行彻底消除，请放心使用。

“是谁？”

比男朋友千寻先一步送上生日祝福的，是不知从何处传来的中性电子音。二〇二三年十二月一日周五零点零分一秒，迈入十八岁的瞬间，脑海中便回响起陌生的词语，头盖骨内侧也开始瘙痒，令我直犯恶心。再加上零点过了十五秒也没收到千寻发来的消息，一时之间混乱夺走了我的思考能力。

快冷静下来——我自言自语道，同时伸出右手笔直地竖起食指，将视线集中到无瑕的淡粉色指甲上。我很擅长控制自己的焦虑情绪，因为自幼儿园起，焦虑便是我最亲密的朋友。我对这位老朋友可是了如指掌，其本质是思维的发散。只要将四处飞散的思维链强行集中到一点上，便自然能收束起来。这是父亲教给我的驯服焦虑的方法。

我重新整理一下思维——问题在于，刚刚的电子音是怎么回事？

从三年前开始，住在这个家里的就只有我自己而已。如果有外部入侵者，安保系统一定会发出警报，可现在却是一片沉默。电视和视频网站都没有播放内容，手机也没有动静。话又说回来，刚才的电子音并不是通过鼓膜再传达到我脑中的空气振动，而是直接在大脑中响起，仿佛就是我思考的一部分似的。

啊？那这声音到底是什么？

正当我脑中的天平再度向混乱倾斜之时，电子音第二次出现了。

请在充分确认周围环境后明确意识的指向性，并在此基础上于脑内提出要求。建议通过物理发声来确保指向性的准确。

在不知所云的说明内容中，有几个单词我听明白了。我试图按照自己的想法来解释这几个在混乱之中抓住的关键词：

建筑师、使用资格、于脑内提出要求、物理发声、指向性。

我的脑海中浮现出之前读过的科幻小说中的桥段。

——我该不会，获得了某种特殊的能力吧？

这时，电子音变得嘈杂了起来，说话方式也突然很随意了。

嗯，简单来说，就是那个。试试来个“要有光”的操作吧。

听到电子音的低语，等我回过神，自己竟然已经高声道：“那就要有芬兰那边常见的别致迷你小屋！”

什么也没发生。

独居生活特有的寂静笼罩着整个房间。

一阵羞耻感猛地袭上心头。啊，太羞耻了！都满十八岁了，居然还在做这种科幻梦，实在太让人痛心了，这种事情我明明在初中的时候就已经不会做了呀！我正准备倒回床上，就在这时——

我的房间里蹿过了一道闪电。

伴随着床铺被折弯的声音，有什么东西正在被组装起来。整栋房子都在摇晃，发出的巨大声响显然超出了夜间住宅区的允许范围。我的房间一瞬间就被一座小屋占据了。

房间正中，堂而皇之地立着一座由原木框架和胡桃木色木材搭起来的小屋。其外观看上去，很像我之前在图书馆读到的《迷你小屋·集装箱房》摄影集中的样子。如我数秒前在脑海中所描绘的那样，这正是一座在芬兰湖畔常见的精致建筑。被屋顶挤上去的床铺已经折成了两截，木屑哗哗地往下掉。面对房子和房子之间仿佛打了一架的惨状，我无法抑制住心跳的加速。

无中生有。

不可能的事情发生了。

我突然抬起右手，看向那枚戴在食指根部的香槟金工艺戒指。这是十八年来父亲留给我的唯一一件礼物。

“建筑师”技能拥有悠长的历史。建造房屋来作为抵御风雨、维系共同体的空间，这是一项重要而意义深远的职业。

伴随着电子音兴致高涨的顿挫语调，戒指也同时在发光，像眨眼似的闪烁着从香槟金变成了荧光粉的颜色。这简直就像是戒指在说话一样。

等级 X 的情况下，你可以将任何立体物以施工级别而非设计级别进行再现。利用这项技术，让你的生活更加丰富多彩吧！

如果单纯按照字面意思来解释的话……

我岂不是可以凭借这项技术，随心所欲地建造任何喜欢的建筑了？

我连千寻还没有发来祝贺信息的事情都没注意到，光顾着兴奋了，完全睡不着觉。说起来我的床也已经被弄得一团糟，在物理意义上我也没法睡。一直到天亮，我都将自己裹在毛茸茸的羊毛衫和羽绒服的衣服堆里，躺在客厅的沙发上，任凭自己这种非日常状况而无限膨胀的想象力自由驰骋。

*

熬夜到一半时，我还觉得自己已经无敌了，无论多久都能熬下去。然而黎明这个终点注定会到来，我也正常地犯困了，根本就不是什么无敌。闹钟在固定的时间响起，我虽烦躁不已，但还是像个应试生那样想着要去上学，开始做起准备。

我慢悠悠地收拾一通，结果就已经到了校车快要来的时间。明明我一直没睡，从凌晨四五点到清晨六七点都保持着清醒，要是这还没赶上七点四十五分的上课时间，那就有点讲不过去了，于是我飞也似的冲出家门。现在跑的话还来得及，我的五十米短跑最佳纪录是六秒九，即便算上男生我也能排进班级前五名。我把书包的肩带狠狠往上拉了拉，便开始冲刺。

“是夏目樱花吗？”

然而我的起跑加速在第三步就戛然而止，所有的推动力都通过摩擦化为热量。对于这个叫出我全名向我打招呼的人，我没有半点印象。我的身体不由得开始紧张，而当我看见声音的主人时，更是越发警惕起来。

那是一名银发男子，这种造型以往我只在乐队成员或自媒体网红身上见到过。他的皮肤白得吓人，看上去脖子仿佛飘浮在黑色长外套的上方似的。

而最诡异的是他手上拿着的棒状物体。那玩意儿看上去像是魔法师的法杖，尖端带着一丝圆润。这根诡异的法杖被握在男人手里的样子竟是惊人地和谐，然而它跟这处住宅区显然是画风不搭的。

面对可疑的人搭话，唯有无视并逃跑方为上计——为了远离那个男人，我没去管上学的方向，在柏油路上飞奔了起来。

“你是夏目樱花吗？”

男人保持着与刚才一样的语调，站在我面前又问了一句。上一个瞬间，他还应该在我的反方向才对。这情况怎么看，都只可能是瞬间移动。

“跟我来，我的要求仅此而已。你戴着戒指吧？”

他知道戒指的存在——这已经不是简单的可疑人士了，而是目的明确的坏人。我强烈的戒备心瞬间化为恐惧，身体开始剧烈颤抖，连牙齿都打起了战。

“你、你是哪位？”我不敢与他对视，从嗓子里勉强挤出了一句。

“拉库亚。我的全名是……啊，白羽根拉库亚。我是来接收你的。”

拉库亚猛然向前踏出一步。我不知道他要对我做什么，惊惧之下，竟一不留神一屁股跌坐在地，双腿也使不上力。抬头一看，拉库亚冷漠的视线直直刺向了我。

这下完蛋了。

拉库亚苍白的手向我逼近。

“喂！你在干什么？！”

一声高亢的怒吼划破了我和拉库亚之间的空气，紧接着是令人想要捂住耳朵的警报声——防身报警器的蜂鸣声响彻了整个住宅区，如今它听上去比任何音乐都要美妙，简直就像福音一般。

“我可要叫警察了！”

我的身体僵硬得连回头都做不到，但还是能听出一名女性强有力的声音正在向我靠近。拉库亚的眉头一皱也不皱，仿佛失去了兴致似的，干脆收回了伸向我的手。

“我还会来的，给我记住。”

留下一句仿佛像收银员诵读小票明细一般毫无感情的台词后，拉库亚的身影骤然消失了。

“你没事吧？哎呀，没想到这座城市里也有那种可疑人士啊。”

穿着高跟鞋一路咔嗒咔嗒跑过来的，是一位只能用年龄不详来描述的女性。她身穿精品西装外套和收腰西裤，看上去像是在上班途中，身上带着的皮包、手表和手套都散发出一种成熟大人的感觉。想来她的年龄应该四十大几了吧？

“谢、谢谢您！总算得救了！”

“还好那人自己走了。很可怕吧？来，慢慢做个深呼吸——”

我在这名女性的搀扶下站了起来。我深深地低下头以示感谢，但当我抬起头时，只见这名女性正凝视着我，仿佛要看穿我的脸似的，吓了我一大跳。

难道我刚刚对这位可以说是我救命恩人的大姐姐，做了什么失礼的举动吗？……我正为此而焦虑，她却说出了超乎我预想的话。

“你的父亲，难不成是叫千秋？”

我倒吸了一口气。

千秋——夏目千秋。这是一个分不清是夏天还是秋天的名字。他也正是替我取了夏目樱花这个分不清是夏天还是春天的名字的人——我的父亲。

“没错，夏目千秋是我父亲。您认识我父亲吗？”

这个人认识我父亲，三年间一次也没再出现过的父亲。

“听说他入赘了，把冬天的姓改成了夏天的姓……看到你的脸之后，反正我是信了。你这双眼睛跟你父亲的就像一个模子刻出来的。”

四十多岁了还在用“反正我是信了”这种腔调——简直就像父亲本人。是啊，夏目千秋就是这样的人。我完全接受了她的说法，甚至感到自己仿佛听见了三年未闻的父亲的声音。至于眼睛就像一个模子刻出来的说法，我从记事起就已经听过无数遍了。

“您是……”

“我叫阿南，阿南乱麻。太巧了，没想到居然真在这种地方见到了千秋先生的女儿。”

阿南递给我一张卡片。那不是纸，更像是由金属材料制成的名片。自由撰稿人的头衔下方，只写着名字和电话号码而已。

我接过名片，注意到阿南递出名片的手正在发抖。

“那个，您没事吧？”

“啊，不好意思。我只是……有些紧张。”

虽然不知道她因何而紧张，但毫无疑问，至少我心中的震动要更甚于她。

“您认识我父亲？他现在在哪里？”

我一直都想知道——迫切地想知道。迄今为止，还没有父亲的哪个熟人是我不认识的。他明明是很幽默的人，总是开些夸张的玩笑，却似乎完全没有要交朋友的意思。

“抱歉，我也不知道他现在在哪里。我所认识的……只是过去的他而已。”

“过去？大概多少岁？是在我出生之前吗？”

我忍不住用双手抓住了阿南的手腕。她茫然地沉默了一会儿，然后才像刚回过神似的，轻柔地挣脱了我的手。

“我也有一大堆一大堆话想跟你慢慢说……可是我要赶不上工作了。我的工作是那种必须严格守时的类型。请给我打电话吧，我们在电话里详谈。”

“好、好的。”

她的语气很礼貌，让我感觉自己刚才被可疑的人搭话而产生的恐惧感也逐渐消散了。我把自己的联络方式告诉了她。

“那我走了，你自己小心。”

我的救命恩人，名叫阿南乱麻的女性嗖地一下就穿过马路走到了对面。而我错过了原本要坐的巴士，迟到了。

*

“这种时候还迟到，真是够放肆的。不过，樱花应该是能考上的吧？”

“都说了今天真的是没办法。再说，小不你也偶尔会迟到吧。”

“我已经放弃今年的尝试啦，明年再加油吧。就跟你男朋友一样。”

不知火一边笑着，一边把小卖部三明治的包装纸揉成一团，扔进了黑板旁的垃圾桶里。

“千寻那是为了他的漫才事业，你只不过是想逃避备考学习吧。”

“也不算逃避，我是想体验一下复读的生活啦。”

不知火还是一如既往地说些怪话。她的目标志愿是青山学院大学，直到上个月都还在拼命备考复习。虽然不知火染了头发（我们年级唯一一个），上课时也总是在睡觉，算是不良学生，但她的英语和现代国语的成绩相当不错，只要在世界史和古文汉文上加把劲的话，从现在开始也完全来得及。

“我们一起去上大学吧。努努力的话，我们都能考上东京的大学。我、千寻，还有小不，我们都还没有放弃考上东京的道路呢。”

“去东京当复读生也是一条路嘛。在切缟的话只能在家复读，要不就是去三流补习班。”

“为什么那么想复读呢？只有小不你才会说这种话吧。”

不知火停下了手上用纸勺搅拌酸奶的动作。虽然看着不讲究，但这是她最喜欢的吃法。

“怎么说呢，别看我这样，我在初中时还是全校第一呢，所以才能考上第一高中。不过从初三开始，我就一直想试试停下来。从小学到高中，我一直都没停下过脚步。毕业典礼之后就是入学典礼，还有开学典礼和期末典礼。每年一到四月，我就得面对一个新的环境。所以我想趁现在这会儿，空出一年什么也不算的时间。”

“完全不懂你的想法，都说了我们一起去东京嘛。”

虽然语气轻佻，但我是真的希望能说服她。虽然我完全不理解不知火的理论，但我明白至少她有自己的一套想法。可即便如此，我还是希望能和不知火还有千寻一起去东京。只有在与不知火和千寻聊天的时候，我才觉得自己属于这个世界。我不可能离开他们。

然而不知火却岔开了话题。她总是能无比准确地找到最佳的话题来避开我最想谈论的事情。

“话说 M-1 的准决赛也差不多快了吧？你男朋友还是那么沉迷于漫才？”

“沉迷啊。跟你说，他昨晚都没给我发庆生的信息。”

“不是吧？那今天回去的时候他应该会送你礼物吧？”

“今天我们不一起走，他说要练习。”

“真寂寞啊。不过，看他冲着 M-1 全力以赴的样子，还挺让人有好感的。”

“就是啊。”

我就喜欢不知火这一点。我抱怨千寻的时候，不知火从不会过分攻击他。虽然我总是对千寻充满怨念，但他是世上最好的男朋友，所以我不想听其他人说他坏话。我想寻求理解，却又不希望别人和我一起怨怼他。对于我这种纠结的小心思，不知火永远是门儿清。

不知火也是半斤八两，除了我之外，她跟班上其他同学似乎都对不上波长。结果最后总是我们两个人一起行动。由于我们是文科班，女生比较多，所以一般都会组成六七个人的小团体，只有我们通常是以两个人作为行动单位。

“我跟你讲，我今早被一个奇怪的男人搭讪了。”

“奇怪的男人？是什么样的？”

“那人像魔法师一样拿着一根法杖，我差点就被他带走了。”

“我去！”

“不过那都不重要，我被一个女人救了，她好像还认识我父亲呢。就是这个叫阿南的人。”

我从钱包里拿出了那张金属名片，一张只有姓名和电话号码的金属片。

我简洁地复述了一遍今早与阿南的对话，不知火听闻后眯起了眼睛：“不是吧？”

除了不知火、千寻、老师们和我的初中好友叶由之外，没人知道我父亲已经失踪的消息。千寻和叶由现在正处于漫才事业的关键时期，而我又不怎么相信老师，所以能一起商量的人就只有不知火了。

“所以说，我有很多事情都想去问问那个叫阿南的人。她说自己是我父亲以前的熟人，虽然她知道我父亲现在的下落的可能性非常低，但毕竟他们曾有过交集，所以她应该掌握着一些我不知道的关于父亲的情况。要说我最想知道关于父亲的什么事，排第一的当然是他现在在哪里，其次则是他结婚前——或者说遇到我母亲之前的经历。”

“一般人都不知道父母结婚前的事情吧。我也基本是一无所知。”

“可是，你应该听爷爷奶奶提起过以前的事，也看过老相册吧？母亲以前的照片我倒是看过，但我从没有接触过关于父亲的信息。”

“什么？家里的老人从没跟你说过吗？”

“我之前可能没跟你说过，其实我也从没见过爷爷奶奶。”

“啊？他们已经去世了？”

“不，我总觉得他们好像根本就不存在似的，连扫墓我都没去过。我跟外公外婆的关系到现在都很好，但我父亲从未提起过他的父母，现在回想起来实在是很不寻常。当时父亲其他的异常之处实在是太多了，我都没在意这个。”

我意识到这种事情并不是谁都可以随便听，下意识环顾了一下四周。还好，周围的人都各自在聊各自的。毕竟午休是唯一可以让人从学习中解放出来的时间。

“你的好奇心还真是旺盛呢。不光是父亲的事情，你对那么多事情都充满求知欲，又是看书又是问别人的。一般人不会有这么强烈的兴趣吧。”

“欸？想知道失踪的父亲的过往，这也能算‘好奇心旺盛’吗？”

“我是那种不知道的事情就尽量不知道的类型，所以才越发觉得你好奇心旺盛吧。”

“我无法对自己在意的事情视而不见。还有，我从小就经常被自以为很懂的人说三道四，像是‘你这么可爱应该没什么烦恼吧’‘体育又好学习又棒真是顺风顺水呀’之类的，所以我不希望自己对其他人也是这样。我觉得，不知道的事情就要去好好了解，不要以为自己无所不知。”

不知火哧哧地轻笑起来：“那不可能呀。除非没有任何遗漏地知晓了这世上的所有事物，否则无论对谁说什么，都只是装作自己知道而已呀。”

*

放学后的班会一结束，我就立刻离开了教室。我已经想好了自己要做什么，那就是去验证那个昨晚将我的房间弄得一团糟的所谓的建筑师技能。哪怕是上课困得要命的时候，一想到昨晚发生的事情，我就能立刻清醒过来。

我想这十有八九是父亲开发的设备，除此之外没有其他的解释。现在回想起来，电子音的说话方式也完全是父亲的风格。

但再怎么说，凭空制造物体也太超越时代了吧？虽然我过去也用过很多父亲开发的机器，其中也不乏似乎只要申请个专利就能随便大赚一笔的玩意儿，但哪怕说破天，里面也没有这种打破常规的技术。能量和质量难道不应该是守恒的吗？这简直是从根本上无视了物理和化学法则。

这个技术究竟能达到什么程度呢？我希望确认这一点。

在三边川的河滩起始处更靠上游的地方，有一处大概能放下四个大帐篷的江心洲，那里就是我的验证场地。此时太阳已经落山，我打着手机的电筒，沿着干涸的水渠下到河床，穿过芒草丛，跨过几乎不会把鞋打湿的涓涓水流，一路踩着小石子路才走到那里。洲边垂下的树枝刚好像窗帘一样挡住了岸边的视线，这是我读初中时发现的秘密场所。

我把单肩书包和手套放在一块大石头上，心中既有几分紧张，又有一些兴奋。说不定真能行呢？我带着一丝预感，集中意识对着食指上的戒指说道："要有一个蓝色屋顶的狗屋。"

周围只能听见潺潺流水和树叶晃动的轻柔声响，这是一处令人惬意的空间。我觉得自己想象的内容跟昨晚的迷你小屋一样明晰，可是狗屋却丝毫不见影子。

既然如此，那就是还有别的条件。

我突然想到——会不会有个类似于总电源的机制？虽然这枚戒指的能量来源是个谜，但如果它时刻处于开机状态，想必能耗会变得很大吧？再说如果光凭想象就能制造物体，那也很有可能会出现错误操作。

"启动！发动！开始！开启电源！"

我试着喊出了几个像那么回事的词语，但戒指没有任何反应。还有一个半月就要高考了，我到底在做什么啊？想到这，我心中不禁涌起一阵空虚。可是再一想昨晚的情况，我又不甘心止步于此，于是越发恼火了。

"啊，真是的。让我用用那个什么建筑师技能嘛！"

"建筑师技能"，发动。

就在我发牢骚的同时，一个平淡的电子提示音在我脑海中响起。我不禁差点叫出声，来了来了，我等的就是这个！

具备使用技能的意愿并说出"建筑师技能"这个关键词，这恐怕就是发动条件了。这种事情倒是在教程里教一遍啊！我在脑子里咒骂道。这种细节不到位的地方，也让我感受到了父亲的性格。

这次一定要成功——我认真地竖起食指，花了十秒钟时间将注意力集中到戒指上，然后说道："要有一个蓝色屋顶的狗屋。"

在目睹它出现之前，我就有了成功的实感。只见一道鬼火般的闪电划过，鲜艳的蓝色木板三角屋顶出现在了我的视野里，简直就像在追赶想象中的效果图。我看到了一栋即便是大型犬也能舒舒服服睡觉的狗屋，原本散落着碎石、杂草丛生的坑洼地面也被狗屋压平了。

接下来是下一个验证。

"狗屋，消失吧。"

随着我的宣言，狗屋瞬间就消失了。凭空制造物体，再凭空将其消除——而要做到这一切，仅凭想象力和语音来交互就够了。显然，这超出了现代科学技术的范畴。

如果用小说类型来举例的话，这应该算科幻吧？

物体是如何出现的？能量是从哪里来的？原本存在于狗屋所处位置的空气去哪了？地基又是什么情况？一连串的疑问涌上了我的心头。

我觉得这些疑问都很有意思。

我压抑住自己亢奋的心情，思考起接下来的验证内容。我想建造一个比狗屋更大的建筑，而且即便出现在河中间也要能解释得通。这个技能究竟能造出多大规模的建筑呢？像东京晴空塔那样的也行吗？

我开始发挥自己的想象力。说到大型建筑，我首先想到的是小时候在《圣经》绘本上看到的巨塔，为了通往天堂而修建的通天塔。

“要有一座类似于巴别塔的细高建筑。”

不知是不是心理作用，这次的闪电似乎比建造狗屋和迷你小屋时更加猛烈了。只见砖砌的外墙从我脚下节节升起，眼前出现了一座不断向天空缓慢延伸的未完成的高塔。我感觉自己就像是在看大树成长过程中的延时摄影。

我突然又想起另一个验证，那就是究竟哪些命令能够生效？我带着满怀兴奋，就像念咒语似的高声说道：“再快一点！再加一些炫酷的装饰！”

话音刚落，原本差不多以电梯上升的速度向天空延伸的高塔，突然就像开玩笑似的加快了生长速度，快得仿佛要冲破云端。

光是如此倒也罢了。问题是，高塔外壁新增加的露台栏杆勾住了我书包的一边提手。我下意识地抓住另一边的提手，结果却被加速上升的高塔猛地一下带到了空中，刹那间就高过了江心洲的树木，视野的一百八十度范围之内都变成了天空。

面对高度这个最强的致命凶器，我大声喊道：“等等，停下！建筑停止——”

如我要求的那样，细长的巴别塔停止了生长。向上移动的建筑停住了，而跟着上升的我却由于惯性而在继续运动——我抓住书包的手再也撑不住，整个人都被甩到了空中。

“哇啊——啊啊啊啊！”我能做的只有发出愚蠢的大叫，就这么陷入了自由落体的状态。眼中的景色对我来说全都成了凶器。我两脚乱蹬，寻找着可以踏足的土地，躯干变得像石头一样僵硬。我头朝下直冲江心洲而去，连细看走马灯的时间都没有——

“危险！”

身体受到的冲击让我眼前一黑。然而，这阵冲击并不像是猛烈撞上了江心洲满是石头的地面。迟了一拍后，我才逐渐意识到自己还活着的现状。

我正在空中飞行。更准确地说，我正在被一个飞在空中的男人抱着。

男人缓慢降落，在高塔的底部着陆了。

“若非我是‘飞行员’，你现在可真就摔成肉饼了。”

他的语气像是在责备我的鲁莽和粗心，但还是掩饰不住话语中的善意。我强忍住劫后余生的疲惫感，打量起我今天的第二位救命恩人。

他的一头红发宛如涂在纸上的颜料一般鲜艳，兔子轮廓的耳环藏在头发里若隐若现。他的相貌美得惊人（抛开我的个人喜好，从普遍的审美来看），浅色的眉毛和瞳孔与红发相得益彰，洁白整齐的牙齿散发着清爽的气息。一颗位置恰到好处的泪痣，增添了几分温柔与虚幻，更突出了他的柔和气质。虽然这么形容有些不好意思，但我觉得他的容貌跟我一样出众。

“你是夏目樱花，十八岁零一天。没错吧？”

此时我已经缓过神来，逐渐又听到了河流的流水声，大脑也开始快速运转，思考着这个人为什么会知道我的名字。

我提高警惕，问道：“你又是哪位？”

我挑起眼睛看着他，往后退了退。

“感谢你救了我。但说真的，我到现在还没搞清楚状况，所以先要对你保持警惕。经历了太多事，我的脑子还是一片混乱，也不理解你为什么能飞起来。”

“就知道你会这么想，我才来的。”

男人微微一笑，深吸了一口气，仿佛在宣布自己要做一个完美的自我介绍。

接着他说道："我叫赤石搏兔，二十岁。我来自未来，是来帮你的。"

*

"二〇六〇年已经跟现在完全不同了，就像令和时代和弥生时代[1]那样不同。在这短短三十七年中产生了两千年的代差，这是二〇五二年的技术奇点之后，加速创新所带来的结果。不过这些先放一边……嗯，从哪里开始说呢？我还是头一次跟历史人聊起时代的话题，稍微有些兴奋。"

"数字和陌生的词语太多了，我完全听不进去。"

我把这个自称搏兔的红发男子带回了家。哪怕今早才差点被可疑人士带走，我又轻易把不认识的男人带到了自己家。我自己对这事都感到有些无语，也觉得这样很危险。

然而，我心中的浪漫还没有干涸到能够放任自称未来人的家伙不管。

而且，我也没有从这个男人身上感受到拉库亚那种恐怖或可疑的气息。他的表情和态度都体现出一种"我什么都会说哦，你想问什么只管问"的意思。

搏兔饶有兴致地嗅了嗅我泡的焙茶，喝了一口，做出"竟然还挺好喝的"这种没礼貌的评价后，他再次开始组织语言对我进行必

[1] 弥生时代：日本朝代之一，公元前三〇〇年到公元二五〇年。

要的解释——也就是回答“来自未来是什么意思”这个问题。

“说的也是……可要是完全略过这三十七年来的历史，你应该也理解不了吧。唔……”

“我最想知道的，还是关于这枚戒指的事。”

我举起了右手，将手背对着搏兔，他点了点头。

“戒指的事情也得从历史讲起。哎呀，这可真是，别说一晚上了，哪怕讲半年也讲不完全部的内容呀。”

“请长话短说。这枚戒指能够做什么？”

搏兔嘟起了嘴（因为脸好看，所以很有画面感），竖起食指摆出了说教的姿势。

“一言以蔽之，‘技能传承’是它的开发理念。”

“技能传承？”我勉强正确复述了这个陌生的词语。

“这个词语本身好像在现在就已经存在了吧，樱花你没听说过吗？就是交接业务，把自己积累的知识和技能传授给别人。这枚戒指的能力从某种意义上来说其实是一样的。顾名思义，它是一种可以用来传递技能、经验和知识的设备。不过……”

虽然我很想说不要直呼我的名字（实不相瞒，就连千寻我也是花了近半年时间才习惯他直呼我的名字），但我太在意接下来的内容，实在不想打断他。

“传承的深度与传达率，才是这个设备的特点，也是改变历史的关键。”

他在讲述时眼中带着光，那副姿态让我想起了千寻。只有在谈论真正喜爱的事物时才会有那样的眼神——或许正因为如此我才相信他的吧，此外我也觉得他的说话方式和内容都非常有趣。

“那么，建筑师技能是什么？”

“没错，就是建筑师们所具备的技能——先人们精心磨炼的，与建筑这门行当相关的所有技能，都可以通过这枚戒指来获得传承。”

迷你小屋、狗屋、巴别塔——光凭心中所想就能让它们出现的技能。

“这怎么看都已经超出建筑师的工作范围了吧？如果只是那种让没经验的人也能轻松画出设计图的戒指，我倒是能勉强理解。”

“还是按顺序来解释吧。这项技术最初的发端是‘身体共享’的技术，你听说过吗？来之前我调查了一下，似乎在二〇二三年就有相关报道了。”

我摇了摇头。

“‘身体共享’原本是一项用来共享用户身体感受的技术。打个比方，你拿着剪刀时，不是会有剪刀的重量、质感、温度、移动手指的方法、张开到一定程度后就不能再动的阻力、剪头发时的位移和需要施加的力度等固有的感觉吗？对这些感觉进行数字化处理，并应用于机器人操作或 VR（虚拟现实）空间中的感知反馈，类似这些课题在这个时代就已经在研究中了。”

“也就是说，这枚戒指可以共享目标职业人士的身体感觉，例如‘美容师麻利理发’时的身体感觉，并将其再现出来咯？”

搏兔吹了声口哨，潇洒透顶。

“理解得很快，就是你说的这样。”

“我可是文学少女，这种空想的世界我可是想象过太多了。”

“不错。我也很喜欢小说，这种将一切交给读者想象力的媒介方式非常有意思。‘空想的世界’，这个说法很到位。”

“不过，建筑师一口气弄出个巴别塔就有点……这已经不是科学，而算是魔法了吧？”

“这是因为已经越过奇点了。”

这是一个我只是听说过的陌生词语，经常在AI等相关领域出现。

“最初正如樱花你所说，人们研究的方向是将职业人士用身体感觉记住的技能给保存下来，例如美容师理发、陶艺家转动轮盘的感觉等等。

“但是渐渐地，人们发现除了手部动作之外，还可以传承并再现脑部的使用方式。例如数学老师是如何编写最合适的教材来教学生数列的，咨询顾问所具备的众多知识框架和解构事物的思考方式，律师背下的法律条文和判例等大量知识，等等。出现这种情况后，你觉得会怎么样？”

“也就是说——任何人都能够拥有顶级的头脑。”

“没错。按照令和时代的说法，会有一些比办理身份证更麻烦一点的手续，但反过来，只需这种程度的操作，就能用相当于世界第一名医的手法来进行动脉血栓切除术。你明白这是一项多么具有颠覆性的技术吗？”

搏兔的眼中闪闪发光，宛如光芒万丈的恒星。

他继续解释道：“比方说，在平均等级只有五级的医疗技能领域，只要出现一个一百级的天才，那么所有人的等级就都能提升到一百级。然后以此为起点开展进一步的训练、研究和创新，就会出现一百零五级、一百二十级的个体，甚至偶尔还会出现革命性的差不多四千级的家伙。这么一来，所有人又都会提升到四千级。如此循环往复，二〇五〇年的时候还只有五级的技术，到了二〇六〇年就变成五千兆级了。”

“拜此所赐，研究开发的技术也得到飞速提升，进入了技术生技术的新阶段。”

技术生技术——就像AI升级AI一样，技术开始了自我增殖。

“在技术加速向高精尖发展的过程中，利用空气簇射生成粒子对来改变原子、分子并由此获取材料的技术也实现了，而且辐射暴露风险也被抑制到了无限接近于零的地步，于是人类终于踏入了光凭想象力就能建造巴别塔的领域。”

尽管有一大堆我从未听说过的词语，但我还是明白了两件事。第一，巴别塔是通过某种合理的机制才建起来的；第二，搏兔是真的很喜欢技能传承这个领域。毕竟，假如我回溯到明治时代，我并不觉得自己能如此热情地讲解互联网机制或滚筒洗衣机原理中的美妙之处。

我被搏兔的热情所震慑，自己内心里也开始燃起好奇之火。

我抛下了顾忌，直接问道：“……那个，我很在意你说的这个过程。那些达到五千级或是五兆级的人，难道不会尝试垄断自己的技能吗？如果所有人都达到了五千或五兆级，那么自己的价值就不复存在了。世界第一的外科医生肯定会希望永远保持第一吧？如果把技能传承给别人，那么很快世界上就会出现好几亿个第一名了。”

“当然，对于提升了技能上限并愿意提供技能传承的人，我们也会给予相应的激励。我们已经建立了一套完善的制度，确保技术共享不会让人吃亏。毕竟，规划社会制度的技术本身也在不断进步。”

“还有一个问题，我从一开始就十分在意……简单考虑一下就能想到，这会产生大量的失业人群吧？”

按照刚才的说法，那么美容师和医生都没有必要再存在了，就连房子也只需利用“建筑师”的技能来建造即可。

“这个嘛，要向你解释清楚有些困难，总之我们设计了一套完美的机制。通过巧妙的激励设计，技能成为一种类似于货币的概念，人们的工作就是在自己的领域不断磨炼技能，大抵便是如此。”

“那犯罪呢？比如我的‘建筑师’技能，要是心术不正的话，岂不是可以肆意妄为了？以这个能力，就算将撒哈拉沙漠变成商业街也不在话下吧？”

“不错，看来你读了不少科幻作品吧？你提到的社会问题一针见血，正好方便我解释了。”

搏兔高兴地又喝了一口焙茶，似乎很满意的样子。

“当然，危险程度较高的一部分技能需要执照，而且所有使用技能的行为都会被追踪……顺便说明一个大前提，樱花你的戒指是特制的。”

“特制？”

“对普通人开放的技能最多到等级 III，持有特殊执照的专业人士可以达到等级 V，人们对技能的认识普遍也就到此为止。等级 V 及以下的技能，说到底还是没有无中生有的能力。”

“那，等级 X 是什么概念？”

“即便在未来，等级 X 的技能通常也不会流通。巴别塔也好，埃菲尔铁塔也好，能够随心所欲建造任何建筑的，是专属于你的技能。”

我陷入了沉默。我本来想在最后问出那个我最关心的问题，可我又害怕问出口。我需要先提出一个缓冲的问题。

“顺便请问一下，你……”

“叫我搏兔就好。”他神情自若地打断了我，“我很喜欢这个名字，你也无须拘礼，我们也只差两岁而已。”

“那……搏兔你从空中飞过来，也是技能传承的效果吗？”

“没错，我拥有‘飞行员’技能，等级是V。因为是专业级别，所以可以带着别人飞。顺便一提，我还带了其他的‘通用生活技能’，像是美容师啦、厨师啦之类的。这些技能基本只有等级I到II，考虑到性价比后，III级以上的技能对我来说都没有必要。”

“我要是戴上你的戒指，是不是就可以飞起来了？”

“可以飞。不过你没有执照，所以顶多用到级别III的技能。所以换成你的话，是没法带着其他人一起飞行的。”

搏兔抬起了左手，只见上面戴着一枚奇形怪状的戒指，颜色跟我的还不一样。戒指上还镶嵌着一个像是颗顽石的东西，毫无宝石光泽。

“那反过来，要是你戴上我的戒指，就能建出巴别塔吗？”

“我刚才说过吧？等级X是特制的，给我我也用不了。一枚戒指仅能绑定一位用户。而这枚戒指的使用者只有你——夏目樱花。”

我感觉胸口一紧。这种未来设备简直就像哆啦A梦的秘密道具一般，而其中功能最强的这枚戒指，其唯一的用户竟然是我。

“那么，给了我这枚戒指的父亲，又是怎么拥有它的呢？”

父亲是三年前失踪的，失踪前送我去上了学。等我放学回家，他的钱包、手机、最喜欢的围巾，甚至我小学时在家庭课上给他做的硬币袋都还在，但他本人却消失了。

三年来我一直在怀疑——父亲他是不是去了另一个星系或异世界，去了我再也够不到的地方生活呢？我是否也应该跟随他的脚步呢？

“抱歉，这个问题我也不清楚。最有可能的情况是，二〇六〇年的技能漂流到了过去，而你父亲得到了它。但实际情况谁也说不准。”

“你认识我父亲吗？夏目千秋，一个有很多奇怪的机器，戴着一副圆眼镜，只留了下巴的胡子，长相英俊得让人郁闷的中年男人。呃，他是二〇二〇年失踪的，当时五十一岁……”

“唔，这我就真不知道了。”

他在说谎，我的直觉如此告诉我。迄今为止他都是一副“知无不言”的态度，但刚才的一瞬间他犹豫了。虽然我并不认为这是出于某种恶意，但他至少知道一些关于我父亲的事情。而他对“失踪”这个词无动于衷的态度也让我很在意。普通人在听到这个词时即便不刻意触及，表情也会有所反应，流露出尴尬或怜悯的神情，但搏兔没有。他一定知道某些关于父亲失踪的内情。

“话说回来，我还没有讲自己回到令和年代的理由呢，明明这是最重要的事情。”

他显然是在转移话题。虽说如此，但作为岔开话题而抛出的引子，它的吸引力也太强了。

“你是来做什么的？旅游吗？”

“有未来人计划绑架你。”

我跟搏兔四目相对，他的眼神柔和而坚定。

“绑架？为什么要绑架我？”

“……动机我不清楚，我只知道有人想要把你绑架到未来去。”

是谁？我心神一动，但就算问出来恐怕也不会有答案。随即我意识到："啊，该不会是今早那个银发男吧？"

我完全忘记了十二个小时前，我还被一个极其可疑的家伙搭过话的事实。相较于拿着魔杖的可疑银发魔法师，从巴别塔上坠落事件和未来人的未来讲座给人的冲击可是要强得多，害得我早上的记忆都模糊起来了。

"啊，难道你已经被接触过了？"搏兔头一次流露出焦急的神情，"你没事吧？那个，你是被袭击了还是被威胁了？……唔，到头来还是没赶上吗？"

他慌张得太过明显，反而让我觉得不好意思了。

为了表现出自己没事的样子，我说道："没事的，在情况不妙之前，有一位路人姐姐帮我把他赶走了。"

"唔，太好了。好险，他居然比我到得还早，真是千钧一发啊。"他叹了口气，"我来这里就是为了在那家伙手中保护你。不过，等我到这里一看，那家伙还没动手，保护对象就已经差点被自己建起来的塔给杀死了。"

"别拿人家的濒死体验开玩笑啊……说来那家伙到底是什么人？他自称是拉库亚。"

"恐怕那只是个假名。我也不知道那家伙真正的名字是什么。"

"什么情况？"

"有人抢劫了时光机器，回溯到了这个令和时代。我们不知道那人是谁，是个什么样的角色，但时光机的消失和回到过去的记录是确切的事实。"

"啊？这听起来……还蛮严重的？"

面对我笨拙的感想，搏兔严肃地点了点头。

“这是毫无疑问会一直流传到三十世纪的重大事件。”

“那这起重大事件跟我有什么关系呢？”

我不过是活在二十一世纪的一名高中生，又有何德何能参与这种重大事件？

“嫌疑人在回溯到过去时，遗落了自己的终端。那台终端里留下了大量记录，证明他曾在收集夏目樱花的信息。”

“真吓人。”

我故意把话说得很轻巧，但也越来越觉得后背发凉。竟然有未来人在搜索我的信息。

“就没有像那种，类似于时空警察的组织吗？理应由他们组织巡逻，维护时空秩序吧？”

搏兔皱起了眉头，低声说道：“话是这么说没错。确实存在着类似于所谓时空警察的组织，但其内部的思想也不统一。其中以主张时空警察应该避免时光回溯，不主动侵犯时空的‘坚守派’势力最为强大。关于时空的恒常性，众多派阀都有自己的理解。另外，回溯到过去的案例其实屈指可数，这个过程中也很有可能出现事故，所以那些精英时空警察都不愿意冒着生命和时空的危险去时光回溯。”

“所以，不顾生命和时空危险的年轻人搏兔就过来了？”

“你倒是说声谢谢啊，我可真是把命都豁出去了……行了，先不提我的英勇事迹。总之，真的有很不妙的家伙来到了这个时代。明明用于回溯过去的时光机器管理得非常严格，甚至人们都说要动用它比弄出火星的地幔还难。很抱歉我没来得及赶上，不过真庆幸还有那位挺身而出的路人。”

搏兔的态度怎么看都只是在关心我。然而，对方是未来人。

倘若所有职业的技能都在迅猛发展，那么是不是也应该考虑到这种可能性，那就是他正在使用“演员”技能进行完美的表演？可别小看我，这类设定的故事我读过的可是要多少有多少，也曾为众多作者的精巧构思而惊叹。例如最初的温柔男其实是敌人，最初总是吵架的青梅竹马最后却结了婚之类。

因此我决定开诚布公地直接问他。

“有没有一种可能，那个银发男其实是好人，而搏兔你说的都是在骗我呢？”

“那是不可能的。倘若那样，我自然是不会来帮你的。”

他露出了爽朗的微笑。虽然我无法彻底相信他，但也无法彻底怀疑他。他的眼神中充满了善意，让我觉得自己是不是怀疑错了。

“那倒也是……总之，那我就持保留态度吧。不过说实话，你告诉我的信息真的很有趣，而且我都听懂了。谢谢你。”

虽然我还想问一些关于时光机器的事情，比如怎样才能回溯到过去，会不会出现时间悖论，等等，但我的脑袋实在是再也装不进新知识了。今天就先让他回去吧。

“你住哪里？知道怎么预约令和时代的酒店吗？”

搏兔却露出了一脸困惑的表情。

“不是，我来这里可是为了保护你的啊，当然要住在你这里呀。”

开玩笑的吧？我等了几秒钟看他的反应，然而他的表情明显是认真的。

住下来？在我家？住进只有一个单身女性的夏目家？

“不行，就算你这么说也不行。而且为什么会默认住在我家啊？我们今天才第一次见面吧？”

“我今天才刚刚来这里啊，怎么可能会有住的地方？最重要的是，那家伙不知道什么时候还会再来袭击你，跟你待在同一个空间是最佳方案。”

“首先我已经有男朋友了，不可能让其他男人在自己家留宿。”

“就当我们是亲戚即可。”

“家里没有多余的床品。”

“我睡地板也没关系。”

“不行不行，听我的，还是去住酒店吧！”

“我身上又没钱。”

“呃，我们住在同一个国家，货币应该是一样的吧？”

“我说过，在未来技能已经成为货币的替代品。除了收藏家之外没人拥有现金或数字货币。好啦，我会尽量不给你添麻烦的。”

“说起来你打算住多久？”

“这个嘛，自然是要等到抓住那个抢走时光机器的家伙为止。别担心，我不会住太久的。”

我意识到这家伙是那种油盐不进的类型，于是立刻给千寻发了一条消息说“家里有亲戚要来住一阵子”。我可不能接受因为这种事而产生误会，最后害我跟男友分手的这种事。我强硬地向搏兔下达指示：如果有人问起我们的关系，一定要说是表亲。

*

自那之后算上周末，已经过去了六天。这六天里，我都和搏兔在一起生活。

说实话，我每天都过得很新鲜。他每天都会送我去学校，接我回家，上下学路上还会给我讲述未来的事情。

“有趣的技能？嗯，如果你喜欢推理小说的话，那‘侦探’技能如何？据说这个技能可以完美地观察并洞悉对方的语调和动作，甚至还能读懂对方的想法，所以任何疑难案件都能迅速破案。不过我是不会啦，只是认识一个会的人。”

“由于时空法的限制，基本上不可能使用当前时代不存在的技能。时空报关员会严格检查未来特有的设备，并将其排除出随身物品之列。不过，那个强盗可没有接受检查，他说不定带了不少违禁品过来。”

“我们不认为‘世界线’会因为对过去的介入而分出支线。时间长河只有一条，这个时代和我生活的时代是连续的。当然，我回到过去肯定会引起一些变化，修正这些变化是‘时空维护班’的职责，而‘时空警察’则负责监视，确保不会出现非法回溯时间的人。”

“说起来，认为时空旅行者不会对过去造成太大影响的理论是很有市场的，也就是所谓的‘软接触’理论。当然即便如此，对时空的影响依然处于严格的管理之下，回溯到过去原则上是被禁止的行为。过往的回溯案例只有屈指可数的几次，全都是例外的特殊情况。至于我，我是大学做研究的学生，稍微有些关系，所以拥有回溯过去的资格和手段。对于令和年代，我可是神往已久了。”

“前往未来的时间机器则是在奇点之后不久发明出来的。另一方面，回到过去的时间机器却已经在很久之前，甚至在昭和年代就被断言是不可能的了。这种机器的原理是通过摇晃虫洞来产生加速度，但人们认为即便它真的被发明了出来，也无法回到被发明之前的时间点。哪怕可以生成虫洞的入口，却无法生成对应的出口。然而，有一天却有两个时空出口被发现了。其中一个是二〇二三年十二月一日，即便用最先进的技术也无法解释其原理。顺便一提另一个出口在二〇〇四年。所以我们只能回溯到二〇〇四年或二〇二三年的过去，若想要见到恐龙、织田信长或是读高一的樱花，那都是不可能的。”

搏兔讲述的内容是那么有趣，让我恨不得把往年的高考真题集一本不留地全部烧掉。上下学或是在家中的时候，搏兔总是寸步不离地跟着我（搏兔判断对方不会在人多的时候对我下手，所以不会一直跟到教室）。这期间，我们从未停止过聊天。

搏兔讲述的未来很有意思，而且他也很擅长用我这个历史人（他们会这样称呼时空回溯终点时代的人，多少带点轻蔑的意思，让人有些恼火）也能理解的方式掰开来解释和比喻。

不光是他感到和我之间有代沟，我对他也同样如此。

“喝水的话自己想喝就喝呀，未来没有净水器吗？啊，水原来是那么奢侈的东西吗？那是基础设施才对吧。想喝水的时候自己倒杯子里喝就行。直到大学毕业为止，每个月都有人给我转生活费的，别在意。”

“在这个时代，所有人都要去学校上课学习。现在是高考前一个月，大家都忙着做过去的真题集并听讲解。当然，这是为了考试在学习。我成绩还不错啦，考上大学应该是没问题。”

“我们平时主要用 Instagram（社交应用软件）来发消息，班级联络则是用 Line（社交应用软件）。当然，回家之后就见不到面了，所以在学校的时间很宝贵。我的朋友差不多只有小不一个，但朋友多的人往往是一个劲地发消息。没错，是文字信息把我们联系在了一起，跟未来是不一样的。是哦，你们任何时候都能见面。嗯，我们还有‘回家’的概念，放学后就见不到朋友了。”

“不是吧？庆祝生日的文化都消失了？嗯，有人给我庆生的哦。千寻不是在我生日两天后，也就是周日给了我礼物吗？——一条格纹毛毯。毕竟教室里还是挺冷的。虽然我原本就有一条膝盖毯，不过旧的那条就放家里用吧。说起来，我收到礼物的时候你从窗户也看到了吧？那位就是千寻，我最爱的男朋友。”

“千寻的目标是漫才大会的冠军，明天就是准决赛了。M-1大奖赛在二〇六〇年总不会还在吧？嗯，说得也是。那漫才呢？变成了非物质文化遗产吗？呃，为什么不告诉我，那是禁止事项吗？真是奇怪的规定。”

明天就是 M-1 准决赛。我写了一封加油信，趁午休的时候去千寻的教室交给了他。当时千寻和叶由正在一起边吃便当边商量比赛的事，我跟他们不在一个班，总觉得自己格格不入。我问千寻放学后要不要一起回家，结果被婉拒了。

虽然心里多少有些疙瘩，但也没有人可以跟我互发牢骚抱团取暖，所以我也只好憋在肚子里。不知为何，今天不知火没来学校。

不知火不在的日子里，我总是孤单一人。虽然我并没有被孤立，也有很多同学可以搭话，提起“好冷啊”“真累啊”之类的话题也能得到共鸣和回应。但在这种精神状态下，聊天反而只会消耗我的心力。

怀着无比糟糕的心情，我踏上了回家的路。穿过南门，沿着主路一直往南走。途中穿过蛙屋公园旁的停车场（工作日总是空无一车），有一条捷径。我心中郁郁，脑中被纷乱的思绪填满。

正因如此，直到我走到空空荡荡的停车场时，才终于注意到：搏兔不见了。

将近一个星期以来，我在走到蛙屋公园之前就会与搏兔会合。他每天都会从校门口的自贩机里按照从左上到右下的顺序买上一瓶饮料，一边喝一边等我。他分明还说今天终于可以喝到第二排的 Real Gold[1] 了。

他去哪了？我环顾着四周，就在这时，忽然传来一声："咦？是夏目吗？"

"阿南姐姐！"

原来是那位从可怕的未来罪犯手中救了我一命的恩人姐姐。自那之后，我给她打电话也打不通，最终也没能联系上。关于父亲的事情也没问到，就这么不了了之。

她今天跟上次不同，一身米色的风衣配牛仔裤的休闲装扮。

"真是非常不好意思，我一直没时间接你的电话。你现在正准备回家吗？"

我略带紧张地点点头。她对我如此客气，弄得我反而拘谨起来了。

"上次真是太感谢您了。仔细一想，我还没好好感谢您救了我。"

"不客气，没什么的。对了，今天我下班了，这次可以好好聊聊——关于千秋先生的事。"

我感觉自己的心思似乎被看穿了，我现在想问阿南的唯有父亲的事情。当然，我也希望向自己的救命恩人表达谢意与敬意，

[1] Real Gold：日本一个碳酸饮料品牌。

但我对父亲消息的渴望远胜于此。

所以，当阿南提议说“我家就在附近，方便的话要不上来坐坐”时，我毫不犹豫地就点头答应了。

“那天见到你之后，我突然有些怀旧起来，翻出了过去的老相册。上面还有千秋先生三十多岁时的照片呢。”

阿南说她家就在穿过停车场走到尽头的地方。我的心跳得厉害，从内侧敲打着我的胸膛。一个对父亲有所了解的人物——就在这时，我察觉到了一丝异样。

她戴着一副厚重的黑色皮手套，与那身休闲装扮完全不搭。她的手表和包包都跟上次不同，换上了一整套休闲搭配，但只有那副手套还是老样子。光是如此也就罢了，或许她只是喜欢那副手套也说不准。

然而，我注意到手套的食指、中指和无名指都微妙地隆起了一些。

疑惑就像滚雪球般越来越大，我停下脚步站在停车场的中央。

阿南回过头。

“怎么了？”

“您可以先告诉我您和我父亲的关系吗？那个……如果您是父亲的前女友的话，那就有点尴尬了。”

面对我随便找的借口，阿南依然保持着温和的笑容。

“我们是朋友，老朋友了。”

“父亲说过，自从他和母亲结婚后，就再也没有跟同龄女性说过一句话。他说自己太爱母亲了，要是被其他女性爱上就会很麻烦，所以干脆不和她们说话。听上去很傻吧——所以您真是父亲的朋友吗？”

呼——阿南长长地吐出一口气，仿佛在说“算了不玩了”。

“既然你已经开始怀疑，那再演戏也没有意义了。难得我还准备了一番，看来‘化妆师’跟‘造型师’的技能也没用了。啊，好紧张……没想到会在不穿皮的情况下跟夏目樱花见面。”

她明显说出了“技能”这个词。

“解除！”

随着这句宣言，阿南的脸消散了。一头长发消失不见，取而代之的是两侧剃得很短的碎盖头。骨骼分明的脖子上，喉结突显了出来。米色的风衣像融化般消失，变成了粗犷的黑色双排扣大衣。除了右侧脸上的烧伤痕迹之外，那张脸变得平淡无奇。

“原来时光机强盗不是银发男，而是你吗？”

“姑且先问问你的意愿。你愿意跟我走吗？”

阿南面无表情地向我逼近。我反射性地尖叫出来，同时意识到了搏兔此时并不在我身边的事实。

“谁来救——”

阿南的表情变得扭曲，刚反应到他在急速靠近，我的后背就被他抓住，脖子也被他用手臂如蛇一般缠得紧紧的。他顺势用手堵住我的嘴，皮手套的油味充斥着我的鼻腔。中年男性猛然冲来的压迫感和无法呼吸的身体恐惧，瞬间夺走了我的思考能力。我的嘴巴也说不了话，无法动用技能。

阿南的气息拂过我的耳朵，他兴奋地低声说道：“啊，我正拥抱着夏目樱花，就在此时此刻，二〇二三年十二月六日十八时二十三分五十四秒，五十六秒，五十八秒——啊，时空的扭曲——”

他说得实在太恶心，一阵恐慌涌上心头——让我冷静了下来。

我放弃扯开他手臂的尝试，迅速从校服口袋里掏出圆珠笔，刺向阿南唯一暴露在外的手腕。随着一声呻吟，束缚也稍微松懈了一瞬。我手上继续用力，猛地甩开他的手臂，终于挣脱了。

我转头一看，只见阿南吻上了手腕的伤口。一边吻着，一边像念咒语似的快速地对着手腕低声念叨着什么。

“穿越时空的邂逅……二〇二三年十二月六日的夏目樱花的影响系数进入了我体内……太美妙了……”

他诡异至极的行为让我产生了胃里发凉的错觉。这家伙究竟是何方妖孽？

我需要一个能把他困住的笼子。

“建筑师技能！”

我已经通过实验和搏兔的指导熟练掌握了技能使用方法。首先呼唤技能名来唤醒它，接着我按照自己的做法竖起食指，将注意力集中在戒指上，精确地在脑海中想象出技能目标——一个牢固的箱子。

“要有密室！”

絮絮叨叨的阿南四周突然出现了几面灰色的墙壁，迅速组成了一个正方体。这是一个密不透风的箱子，连蚂蚁都无法进出。

我暂时成功地把他关了起来，紧接着我打算启动戒指的通信功能联系搏兔——

“烟花师技能！”

箱子里传来了阿南的低语。“烟花师”这个技能名，让我的危机感应雷达瞬间警铃大作。

我反射性地大叫出声：“要有柏林墙！”

下午的课上，我刚在世界历史的资料集中看到过柏林墙，印象还十分深刻，所以脑海中瞬间就浮现出了它的样子。资料集照片中的柏林墙几乎是原封不动地出现在了我和封着阿南的箱子之间。

“点火！”

几乎就在墙壁出现的同时，巨大的爆炸声和噼里啪啦的物体飞溅声响起，我的眼前出现了一道闪光。墙壁被冲击波击中的轰鸣和大量四散飞溅的火花，让我的身体变得僵硬。这是在地面上零距离爆炸的烟花。我不由得向后退去，结果一颗呈弧线飞过来的火花击中了我的右手手背，我忍不住惨叫了一声。右手火辣辣地疼，绝对是烫伤了。

烟花师——这是能够自由操纵烟花的技能吗？总不可能这家伙随身带着八尺玉[1]什么的吧？那么只有一种可能——他凭空造出了烟花。

“你没受伤吧？如果有哪里伤到了，我可以帮你治好。”

阿南沿着墙壁绕了过来，若无其事地问道。他的黑色大衣沾满了灰烬和烟尘，但脸上却没有明显的伤痕。他制造出足以破坏我的建筑物的烟花，自己却丝毫未受其影响——难道他能在一定程度上控制爆炸的方向吗？

阿南的诡异和强大武力令我加速陷入恐惧。我举起手拼命发挥想象力，试图创造出能够将他困住的立体物体。

然而，我的思考骤然停下了。

阿南的头顶上出现了一个立体影像，那是未来的科技——恐

[1] 八尺玉：日本常用几尺玉来表示烟花球的规格。准确来说八尺玉直径为 2.4米，在现实中并不存在。此处应是用“八尺玉”来指代八号玉，直径 24厘米。

怕是他非法带过来的投影技能。

“今天，小不妹妹好像没去学校呢。”

一名穿着我们学校校服的女孩，被蒙着眼睛坐在椅子上的画面悬浮在空中，画面是如此鲜明，仿佛里面的内容就存在于此似的。她的双手被反绑在身后，身边有一个褐色的球体，以及从球体上延伸出来的一根长长的线——线的另一端带着火花。

那是不知火。

“为什么？……”

“因为你——夏目樱花身边总是跟着赤石搏兔，我没有机会下手，所以我决定用夏目樱花最在乎的不知火作为王牌。不过，今天赤石搏兔并不在，我才把这张牌留在了手里。”

阿南的语气十分平淡，就像在说最近因为失眠，所以戒了咖啡，改喝无咖啡因的红茶一般轻巧。

“她在哪里？把小不还给我！”

“那就请你跟我一起来吧。”

阿南咧嘴一笑，只有右侧嘴角向上翘起，笑得极不对称。我直感到背脊发凉，仿佛被针扎了似的。

“知道她下落的人只有我。如果不切断导火线，几小时后烟花就会爆炸。我还在里面添加了锂，把烟花变成了她喜欢的深红色，很贴心对吧？”

我迅速转动着脑筋，只为能够活下去。这家伙对我无比执着，看样子他的目的就是要带我回去。我不知道之后他要对我做什么，实在是不想在这里答应他，但如果不设法救出不知火的话，也是我的失败。

不知火在哪里？我必须要套出更多信息，因此，跟他搭话吧。

这时我突然意识到，这家伙刚才称呼不知火为小不。这是我原创的称呼，也只有我自己在用。而且，他应该不知道我和不知火是朋友，更不知道她超喜欢深红色才对。

“你一直在窃听吗？”

“因为你似乎一直很贴心地带着我的名片到处跑。”

我明白了。那张金属材质的名片一直被我放在钱包里，我也没有特意告诉过搏兔。

“未来的窃听器居然那么薄吗？”

“而且还可以发送定位信息哦。”还是那个不对称的笑容。

“真够恶心的。”

我无视对方能够随心所欲生成爆炸物的技能，吐出了这句话。这六天里发生的一切——我和不知火在学校里的对话，和千寻一起回家时唯一一次的绕远路，以及和搏兔之间的关于代沟的话题，这些全都被他听了去。我的话语本应只属于我和聊天对象才对。

“为什么是我呢？甚至还特意为了我而不惜从未来穿越回来犯罪……我哪里值得你这么做？”

“哦？没想到不光能对上话，夏目樱花还能主动抛话题过来呢。”

“回答我！”我无法接受他将这种状况视为“对话”，感到一阵反胃，“为什么是我？”

阿南沉默了一会儿，郑重其事地开口说道：“因为你是时空历史上，最为特别的存在。”

我的心脏猛地一跳，如遭重击。我是最特别的存在，这代表着什么？

想要追根究底的心情和不想继续追问的心情纠缠在一起。我隐约察觉到了事实真相，却又不希望从这家伙的口中得到证实，这种想法和作为我人生原动力的好奇心在脑海中斗得难舍难分。

在这种情况下，好奇心往往会占据上风。

这世上还没有任何一种理性能强到战胜好奇心。

“莫名其妙，你再说具体一些。”

阿南先是愣了一下，随即恍然大悟地点了点头，说话的调子也越发兴奋了起来。

“原来如此！赤石搏兔还没跟你说这个啊！”

“所以说，到底　　”

“因为你是未来人和历史人之间孕育的无比美妙的生命啊！”

我的胸口猛地一揪。

这种离奇的事情出自一个完全不可信，甚至还监禁了我的挚友的男人之口。然而……我内心深处却已经接受了他的这个说法。

“你的父亲——夏目千秋是未来人。”

面对沉默的我，阿南滔滔不绝地说了起来。

“你不觉得很不可思议吗？你没想过，自己的容貌跟其他同学相比，实在是太过出众了吗？”

我惊得忘记了正确的呼吸方法，猛地倒吸一口气卡在了喉咙里。

“你的美貌是未来科技的产物，是你父亲在未来接受的美容基因操作的遗传结果。你应该经常被人说长得像你父亲吧？”

我从小时候起，就总是被这样说。

“你应该从未见过你父亲那边的亲戚吧？那是自然，因为你父亲的亲戚在这个时代还根本不存在……或者说得更准确一点，他们并未以相应的年龄存在。他选择入赘这种形式，恐怕也是出于这个原因吧。”

父亲那边的亲戚，我一个都没见过。

“你父亲是在二〇二五年出生的，也就是说两年后他才会诞生。”

尚未出生的父亲，比我更小的父亲。

“你身上流淌着未来和过去两种血液。夏目千秋吃的是通过‘营养管理师’技能制作的食物，喝的是‘药剂师’技能配制的身体组织构成药剂，此外还接受了二十一世纪六十年代的各种技术。最终经历时空回溯后，一颗来自二〇六〇年的精子与夏目优在二〇〇四年产生的纯净卵子结合，孕育了夏目樱花。即便人类开发出时间旅行技术，得以回溯到过去，这也是绝无仅有的唯一案例。在这个以维护时空完整性为准则的世界里，任何侵犯时空的行为都无法与其相提并论，夏目樱花的存在本身就是对时空的侵犯。”

阿南在谈论自己喜爱的事物时显得喋喋不休。但他与千寻或搏兔不同，语气中蕴含着猎奇和侵略的心态，一副自以为是的模样。他的眼中并非来自恒星的光芒，而是暗物质的暗淡阴影。“我就是对这种扭曲的存在无比着迷。”

“……所以，你特意穿越到令和这落后的时代，就是为了来见我？”

阿南伸出了右手。

“夏目樱花，请嫁给我吧。”

他的声音不带任何杂质，可以说是纯洁至极。

然而没有什么比中年人的纯真更可怕的了。

“要是我说宁死也不愿意呢？”

“我不认为你还有得选。”

阿南指着头顶的立体影像，仿佛就像在介绍自己的守护灵，甚至都没朝它看过一眼。这成为他的败笔。

我朗声宣言：“要有三重监狱！”

阿南如遭雷击，僵在了原地。与此同时，他的四周再次出现墙壁，将他包得严严实实。而这回，同样的过程出现了三次。

我立刻开始逃跑。

在与阿南对话的途中，搏兔出现在了立体影像中，上面映出了他解救不知火的场景。

*

“你想先问什么？”

从三边川南岸废弃的小钢珠店救出不知火，再编出恰当的谎言把她送回去，忙完这些回到家时已经是晚上九点多了。

发觉阿南将近一周都没有出手后，为了以防万一，搏兔留意了一下不知火的情况。

搏兔是在不知火上学路上跟丢她的。据说他挨个搜寻了附近适合监禁，且即便爆炸也不会对未来造成太大影响的地方，最终在废弃的小钢珠店中找到了被困的不知火。

不知火当时表现出了平时难得一见的恐惧，但回家后似乎就平复了一些。她身上没有外伤，也没有被弄昏过去的后遗症，衣物也保持着完整。看来阿南对普通的历史人没有兴趣。

就在我们到家时，不知火发来了信息，告诉我她父母已经决定暂时接送她上下学。

我一边瞟着这条信息，一边转身面向搏兔。

“我父亲和你，是相识的吗？”

“千秋先生是我的师父，是研究方面的。”

这是我所不了解的父亲，将赤石搏兔这位二十岁青年收为徒弟的父亲。

“为什么一开始不告诉我？”

我最初问起搏兔时，他说自己并不认识我父亲。那明显是在撒谎。

我要问清楚理由。

“他让我别告诉你。”

“他是谁？”

“千秋先生。”

“为什么？”

“我想他是希望你能够在没有偏见的情况下，自己做出判断。”

搏兔说得很艰难，但并没有移开视线。我从中感受到了他不打算再逃避的决心。

“什么偏见？”

“千秋先生拜托我，让我观察你到底有没有去未来的意愿。”

“什么意思？”我明知故问。

“就是字面意思。师父说，如果你真的打算去未来，那让我带你回去也没关系。他想知道的是，抛开自己的父亲是未来人这一事实，当你获得了前往未来的手段时，究竟会做何选择。”

去往未来。为什么突然会谈起这个？

父亲是未来人，那又怎样？我出生在二〇〇五年十二月一日，今年十八岁，令和时代才是我生活的年代。虽然母亲已经去了天国，但我还有不知火，还有千寻，还有叶由，还有其他的亲戚、同学和高中朋友在这里。在这种情况下，为何我还要选择去未来？一般来说这根本不会成为一个选项吧。

搏兔看着我的脸，温柔地说道："当然，也不是说现在就要你做出决定。只不过事已至此，我还是得告诉你这件事。虽然保护你是我的职责——但返程的座位，还空着一个。"

搏兔晃了晃手腕上的手镯。

那是穿越时空的装置。

"呃，最近发生的事情太多，我还没来得及消化完。"

不知火被绑架监禁，我被大叔抱住甚至还被求婚，还被迫得知父亲是未来人的事实。

我那父亲，怎么看都是在未来等着我呢。

"总之，先解决阿南的事情再说吧。"

我选择了拖延，一个最轻松的选项。

*

第二天，我正常去了学校，但上课的内容我是一点都没听进去，模考的时候也是一道题都没做出来，思维无比涣散。今天不知火似乎也没来学校，我仍然是独自一人。

父亲竟然是未来人。后来听搏兔说，父亲在二〇六〇年，也就是三十五岁在大学担任副教授时，由于一次事故而回溯到了过去，似乎是漂移到了二〇〇四年（跟他的经历吻合）。在那个时间点，他遇上了母亲并一见钟情，而时光机当时也发生了故障，于是他抱着在这个时代度过一辈子的想法和母亲结了婚，并在第二年生下了我。

自那以后，父亲、母亲和我一直生活在平成时代，但在我九岁那年的圣诞节，母亲因病去世了。父亲好像就是从那时起开始摸索修理时光机并回到未来的方法。至于他原本是打算带我一起走还是打算留下我，搏兔好像也不太清楚。

三年前——也就是二〇二〇年，已经五十一岁的父亲终于在机缘巧合之下修好了时光机，并回到了二〇六〇年。简而言之，他回到了自己原本所属的时代（年代太多我都混乱了，我是那种怎么也背不下历史年表的类型）。

从搏兔的视角来看，就变成三十五岁的夏目千秋突然消失，紧接着五十一岁的夏目千秋又回来了的情况。他笑着说，自己一开始还没认出千秋先生，甚至以为是可疑人物还报了警。

我回味着这些内容，任凭自己放飞对父亲人生和自己人生的想象，不觉已是放学，便和搏兔一起回了家。这时我才意识到，今天是 M-1 大奖赛的准决赛的日子。

直到回家之前，我都完全忘了今天有准决赛的事情，这让我略受打击。自从我和千寻开始交往后，我还从未遗漏过 M-1 大奖赛的任何日程。

去网站上一看，千寻他们的组合已经被淘汰了。

我犹豫着是不是应该给千寻发个消息，还是说打个电话更好。或者要不要联系叶由？但这些想法随即被我否决了。

还有另一件事让我顾虑重重。这次是不知火被抓去当了人质，如果说还有下个目标的话，那肯定就是千寻没跑了。按照 M-1 大奖赛的赛制，哪怕在准决赛中落败，之后还有败者复活赛的机会。现在千寻和叶由一定正在为复活赛制订作战计划。

越是这种时候，我越不能让千寻被抓走。

产生这个念头的瞬间，我下定了决心。

我要和千寻分手。

出乎意料的是，那天傍晚，我收到了千寻发来的消息："明天放学后，可以聊聊吗？"我轻轻擤了擤鼻子，心想：我们两人还真是心有灵犀啊。

"搏兔。"

我叫了一声正在客厅看电视的搏兔。

"怎么了？眼睛都肿了。"

"你有'美容师'的技能吗？"

我想在我们的分手时刻尽可能地美好。

我希望将我现在的样子清晰地镌刻在千寻的记忆里，而不是模糊一片。

*

跟千寻分手后，我号啕大哭了整整三天，但从那之后，我过了一段平凡无奇的日子。我既没有给千寻发消息，也没有问他今天能不能一起回家、要不要练习漫才，每天都那么索然无味。

搏兔则一直在用某种未来的方式搜寻阿南的藏身之处，但似乎并不顺利。算起来他已经在我这住了两周以上，俨然是在这里落户了。他身上又没钱，也不知道令和时代的常识，什么家务都做不了（他曾说："每次泡完澡都要把水放掉，把浴缸洗干净，然后第二天再加热水，这样来回折腾吗？"）。但尽管如此，我也必须承认搏兔的存在给我带来了一些慰藉，毕竟这是三年来第一次有其他人和我一起住在这个家里。一个人独处的时候，很容易陷入无意义的胡思乱想，而如今，这些空白时间都变成了我与搏兔的聊天时间，对此我真的十分感激他。

我也很庆幸今年的平安夜我不用一个人度过。一年前，我第一次邀请千寻来我家时的记忆又苏醒过来，引发了致死剂量的伤感情绪。而且今年的平安夜还是在星期天，甚至都没法在学校打发时间，一个人过的话实在是太难熬了。

星期天，我睡了个懒觉，中午吃了稍微奢侈一点的便当，下午则跟搏兔两个人一起看了 M-1 的败者复活赛。

不知是不是巧合，千寻他们选的段子是“时空警察”，让我觉得有些好笑。虽然我已经看过这个段子很多次，但这次他们又略微改动了剧本，还调整了语气，让我真切地感受到了他们对漫才的热爱。

复活赛的结果要等到决赛进行到中途时才会公布，所以趁决赛开始之前，我们出去买了点营造圣诞节氛围的东西。这次按照令和的习俗，用炸鸡来过节。我们还买了香槟风味碳酸饮料和开心果小蛋糕（我是那种比起草莓更爱开心果的女人）一起分食了。在旁人眼中，我们这一天过得就像是情侣一般，但不用担心，搏兔在家里会严守自己的准则，那就是不进入我周围三米的范围内。他对我父亲千秋先生的尊敬之情，由此可见一斑。

我们一起观看了 M-1 的决赛，途中转播败者复活赛的画面时，我一眼就看到千寻他们站在第四位的旗帜下，感到一阵揪心。超过二十三万名观众将选票投给了他们的漫才，我的那一票也算在了里面。到头来，我还是什么也没创造出来。但即便是失败了，千寻和叶由的身姿也还是如此美丽动人。

“真厉害啊，土桥千寻！这可是在全国大赛中战到了最后。”

听搏兔这么一说，我的情绪瞬间爆发出来。我与千寻开始交往的契机是叶由的介绍。我们第一次聊天时，他夸赞了我容貌之外的地方，而且那并非是油嘴滑舌，而是发自内心的赞美，所以一下就让我沦陷了。我们交往的契机是漫才，但分手的契机（对他来说）也同样是漫才。他放弃了我这个女朋友，也放弃了高考，用大好青春全力追梦，最后换来了这个结果。

“虽说战到了最后，可并没有实现梦想。”

叶由跟我很像，她远比我更早开始独立生活。她曾经对我说过一次“如果能赢下M-1冠军的话，母亲大概也能看到我吧”。

她没能让梦想成真。

“虽说可能是没有实现，但不还有明年吗？”搏兔说道。

“我想，她大概是把今年当作最后的机会了。”

叶由跟我不同，她负担不起上大学的费用。我们在一年级的时候就经常聊起这个话题，不同于目标是医学院的千寻，叶由一毕业就会去工作。

“哦？为什么这么说？”

“她把一切都赌在今年了，为此她把千寻拉进来足足努力了一年半。我想，她大概是已经燃尽了吧。”我意识到自己现在有些刻薄，但还是忍不住说道，“我不禁想，倘若如此，那这一年半又究竟算什么呢？”

“那应该是由本人来决定的事吧？”搏兔的语气十分温柔，态度却很坚定，“这并不是樱花或者我能说了算的，我看你这只是不懂装懂哦。”

他说得对，我自己也很清楚。这不过是我自卑的表现，是我对叶由的忌妒。我忌妒她做着自己喜欢的事并获得了成果，忌妒她和千寻相处的时间比我还要长，忌妒她把对母亲的思念化为了前进的动力……忌妒、怨恨、不甘，这简直就像火焰、火花、火苗似的灼烧着我——啊，这是千寻说过的话。

“搏兔，抱歉。我想出一趟门。”

“可以啊，去哪里？”

“去我母亲的墓地。”

*

我们没从玄关出发，而是走二楼的阳台。我穿上从玄关拿上来的鞋子，戴上手套和耳罩，全副武装。夜风轻抚着我的脸颊。

“飞行员技能！”

搏兔的低语话音未落，我就和他直接冲了上去。我们手牵着手飞向天空，很快高度就超过了五十米，视野也变得三百六十度毫无遮挡，平日里完全体验不到这种感觉。我们的脚没有接触地面，体重也没有大地来支撑，彻底飞在了空中。

搏兔说只要是能从实际的飞行器上联想到的功能，自己就都能复现出来，于是我们利用隐身功能，让身影消失在了夜幕中。从地面上是看不到我们的。

母亲的坟墓在三边川对岸，比鲤墨商业街还要更靠北的山丘上。我们从家里起飞，很快就看到了大桥，我便告诉他朝那边飞。

从七十米高空俯瞰，恰逢平安夜的加持，切缟市的街景宛如一幅美轮美奂的光影马赛克作品。星星点点的暗块是田野或山林，而灯光汇聚之处则是麻衣町商业街和装饰着彩灯的主要街道。

这是我出生长大的地方。

“飞行的感觉还不错吧？”

“是啊。今天是我母亲的忌日，我说什么也想去看看她。幸好有你帮忙。”

“是吗，今天……”

当我们飞到大桥上空时，搏兔的脸色骤然一变。他突然刹车，然后紧急掉头，我的手被他拉得紧紧的。

“什么情况？！”

“竟然在这个时候来了。”

往搏兔俯瞰的方向看去，只见一道黑影伫立在河滩的正中。黑色大衣与昏暗的草丛融为了一体——然而闪烁着的发光球体和拖着烟尾飞来的烟花让我浑身一僵。

“真是的！这家伙的技能太讨厌了！”

搏兔用一个大胆的S形回旋躲过了时间旅行怪人释放的冲天炮。冲天炮本来飞不了这么高，然而对方将“烟花师”的技能——将未来水准的科学技术据为了己有。他跨越了数十米的距离，甚至看穿了隐身效果，直接向我们射击。

我试图用“建筑师”技能将他困住，可距离实在太远，我没法精确地想象，而且我在双脚不接触地面的情况下是无法使用“建筑师”技能的——这是我和搏兔用这三周的时间测试出的技能限制。

搏兔不断躲避着飞来的烟花，做出精细的蛇形机动，试图在对方的射程范围外降落。我为自己的无能为力而感到焦急，忍不住叫出了声。

“我们不能逃到上空去吗？”

“要是被那家伙发射的烟花打中，我们可是会摔死的。我先想办法着陆——”

就在这时，我和搏兔同时注意到，飞来的物体中除了烟花弹和冲天炮之外，还有一种不太一样的球体，它的直径至少有二十厘米。我事前调查过，这个大小是烟花弹中的八号玉，爆发时的半径达到了一百四十米。

搏兔迅速转向下方，借助重力加速度快速下降，这是逃离爆点拉开距离的最快方法。河滩的草丛在下方等着我们，最后搏兔拉起九十度，轻轻地成功着陆，我重新找回到了脚踏实地的触感和身体的重量。

与此同时，我感到一丝异样——烟花并没有爆炸。我意识到这是对方为了让搏兔和我降回地面而虚张声势。

“我怎么可能伤害你那宝贵的身体呢？”

在着陆地点等着我们的，是阿南那张不对称的古怪笑脸。他用目光从头到脚打量了我一番，仿佛在舔舐着我。我忍不住大喊出声，发泄出心中泛起的恶心感。

“建筑师技能！”

无须刻意构筑，我就能在脑海中想象出困住这家伙的牢笼。我伸出之前一直牵着搏兔的右手，对准阿南集中精神。

“要有监狱！”

然而，能够困住阿南的坚固牢笼并没有出现。我的感受就像全力挥棒最后却挥了个空，思维陷入了停滞。

为什么无法建造？

仿佛是为了回答我的疑问，阿南得意地发出了宣言：“点火！”

下一个瞬间，我们周围化作了一片火花的海洋。类似于飞机轰鸣的尖锐呼啸声如洪水般淹没了河滩，烟花就像被喷了杀虫剂而痛苦挣扎的虫子，到处疯狂乱窜——大量地老鼠烟花正喷着红光和浓烟不断旋转。

“为了避免发生干涉事故，通过技能传承的物质生成操作一定会按先后顺序来实现。”

烟雾另一边，阿南愉悦地断言道：“我的烟花所在之处，是不可能有建筑的。”

在这由地老鼠烟花完全支配的空间里，盾牌和牢笼都没法建造，眼见是穷途末路。嘈杂的烟花令我心烦意乱，越发焦虑起来。

冷静下来，驯服恐慌！既然在这里没法使用“建筑师”技能，那就换个地方。

我转向搏兔，他也同时向我伸出了手。倘若不能利用“飞行员”技能逃离这里，那一切都无从谈起。

“樱花，把手——”

“点火！”

仿佛正等着这一刻，我和搏兔之间毫无征兆地出现了一排固定式喷射烟花，下一秒火花溅射，形成了一道火墙，将我们两人隔开。噼里啪啦的响声就像是往防水布上泼水一样，身后传来说话声，跟火花混杂在一起。

“使用‘飞行员’技能飞行时，同乘者必须让身体的一部分接触到技能使用者才行。嗯，这种火墙他应该能越过来吧——”

正如阿南所说，搏兔为了穿越这堵火花之墙，已经飞上了天空。我踩着遍布地老鼠烟花的地面，与阿南拉开距离。搏兔一边伸出手，一边朝着我飞来。

“这可真是绝佳的目标。”

伴随着爆炸声，他的手被弹开了，那是冲天炮的狙击。紧接着，更多连射型烟花命中了搏兔的身体，他失去平衡坠落了下去——下面是地老鼠烟花的海洋。搏兔发出一声惨叫，却仍有冲天炮在继续向他射击。

“快住手！”我张开双臂，试图保护搏兔。然而，那些冲天炮却精准地避开了我，全部射中搏兔。

“如果你愿意跟我交往，我也可以住手。”

阿南一边刁难，一边继续发射着冲天炮。虽然烟尘和逆光遮住了他的脸，但可以清晰想象得到他那张扭曲的笑脸。

这是我经历过的史上最大的危机——不光是自己的危机，还把其他人也卷了进来。我身上冒出了汗珠，“建筑师”无法使用，自己什么都做不到，手上什么也没有。只因未来与现在的混血这种理由而向我逼来的这个中年男人，假如我跟他走，那么会发生什么？他会将我视作自己的玩物，肆意发泄自己扭曲的欲望吗？

绝对不要。我是只属于我自己的。虽然前一阵子我把自己的一半分给了千寻，但现在的我百分之百属于自己。

我脑海中突然灵光一闪，想到一个高风险的计划。

在火花的旋涡之中，为了执行这个天马行空的点子，我踢开脚边的地老鼠烟花，鼓起所有勇气大喊道：“要有一个长宽各二十五厘米的细塔，高度五十米左右！”

虽然焦虑的情绪让我语无伦次，但我的脚下还是如预想那般猛地长出了一座超细长的塔，逐渐伸向天际。虽然占地面积只有没被地老鼠覆盖的一小块地方，但塔的高度并未受限。我把手脚搭在塔顶想象出的扶手上，逐渐升向了空中。我感受着身体与地面渐行渐远的爽快，以及扶手的冰冷，直到塔长到五十米高时，大喊出声：“你再不停手，我就跳下去！”

我以自己的生命为赌注，发起了谈判。在火花的海洋中，阿南和搏兔所在的地方只能看到两个暗淡的人影。阿南洪亮的声音传到了空中。

“马上下来！等级X的‘建筑师’技能应该可以改变建筑物外形才对！”

“我为何非听你的不可呢？”

为了稳定决心，我深吸了一口气，然而却因此吸进一大口飘上高空的烟雾，剧烈咳嗽起来，同时手也从扶手上滑落。

“噫呀呀呀呀呀——”

原本我还打算自己跳下去，然而现在这个情况却超出了预想，我恐惧万分，发出了凄惨的尖叫。视野里只看得到天空和不断逼近的火花大地，我的惨叫声响彻夜空，愚蠢到令人感慨：人在碰到糟糕的情况时还真会发出这种声音啊！

“赤石搏兔，快想办法阻止她！只要碰到她就行了！”

我仿佛听见阿南喊了一声，随即用余光瞥见了他扶起搏兔的情形。下一个瞬间，搏兔就抓住我的手臂离地而起，进入了飞行状态。失重感消失了，一种劫后余生的感觉逐渐传遍了我的全身。

“抱歉，让你受苦了。”

然而说这话的搏兔更是满脸烧伤，令人心疼。我们飞过桥，与阿南拉开了距离。我看到身后烟尘滚滚升起。

“要是我保护好了你，你就无须采取那种鲁莽的手段了。”搏兔露出了一副发自真心的懊悔神情。

于是我强颜欢笑道：“我之前就对高空跳伞和蹦极之类的运动很感兴趣，总觉得可以去到另一个世界。之前从巴别塔上掉下来的时候，其实我也感到很畅快。”

“没有降落伞和绳子的话，那就只是单纯地赴死了。”

他的吐槽太过现实，让我不由得笑了出来。

“总之先离开这里吧。隐身能力也被破解了，那家伙大概除了戒指还带着不少未来设备。”

“没错。”

一个本不应该出现的声音从下方传来。我和搏兔面面相觑，时间仿佛凝固了。

“‘飞行员’在飞行时，会带上接触到的所有人。所以，通过植入体细胞的身体拓展丝来与你们连接起来的我，也就一起被带上了。”

阿南保持着一定距离跟在我们后方，手臂上伸出的一根粗线正连着搏兔的靴子。他似乎注意了到我的视线，补充道：“那是一种辅助设备，用于辅助‘飞行员’这类通过接触来对他人生效的技能。在飞行中自然是不能脱的。”

“这家伙还真难缠……”

搏兔狠狠吐出一句。

我的脑海中浮现出阿南扶起搏兔时的场景——恐怕他就是趁那时做了手脚。

“我们来做个交易吧。”阿南低声说道。

搏兔悬停在了空中，我和阿南自然也停了下来。三个人就这样在空中开始了交涉。

“请把夏目樱花交给我，这样的话我保证不伤害你。当然，我也不会伤害夏目樱花。”阿南看到我的表情，又补充了一句，“只要把那具扭曲时空的身体交给我就行。”

我的身体仿佛被冰水浇了个透，变得无比僵硬。紧接着，又出于对阿南的厌恶而开始颤抖。

“我拒绝。你赶紧下去。”

“是吗？说实话，如果不能和夏目樱花在一起的话，那我对这个时代也就没什么留恋了。”阿南淡然说道，“那就在这冬日的天空里，化作绽放的花朵吧。”

阿南手附近的空间似乎扭曲了起来，比他的脸还要大的褐色球体接二连三地凭空出现，每个球体上都连着一根细长的导火索，像帘子一样垂下来。所有的八尺玉都连在了一起。

“搏兔，把那家伙丢下去。”

还没等搏兔开口，阿南就抢过了话头：“‘飞行员’的技能被设计成只要没有着陆地点，就不能在两米以上高度抛下搭乘中的乘客。这一点与技能使用者的意志无关，这是理所当然的安全设计。”

搏兔表情苦涩地紧咬嘴唇，鲜血从嘴边流下。

“今天是你母亲夏目优女士的忌日吧？用盛大的烟花点缀天空也不错。”

“少胡说八道！”听到他把母亲的名字挂在嘴边，我下意识地燃起了敌意，“现在立刻抹除那些烟花！”

“我为何非听你的不可呢？”

这是报复性的反问。他那副装傻的表情让我怒由心生。

“还有五秒钟用来做决定，五秒后我就会点火。”

阿南开始倒数计时：“五、四、三……”

“好吧，我答应了。”

随着搏兔的意志，我们再次飞越大桥，三人开始向着被地老鼠烟花烧焦的地面缓缓降落。

“等等，搏兔！”

“阿南乱麻，”搏兔凛然说道，坚定的语气中充满了决心，“绝对不准动粗，必须要让樱花获得幸福。”

“这些细节到地面上再讨论吧。”

两人无视我的存在，进行着对话——等等，不要在讨论我的处境时撇开我啊！难道这就是未来的常理吗？他真的认为阿南在跟我交往的时候能做到不动粗吗？

然而——我内心里某处依然确信，搏兔绝非那种轻易变卦的人。

我们的出发地点此时散落着大量地老鼠烟花的残骸，然而就在着陆的一瞬间，我们突然又以V字形路线急速上升。自身重力的阻碍让我明白现在的速度非常快。不断上升的高度无疑昭示着搏兔的某种意图，然而我的脑子一片混乱，理不清其中的头绪。

“抓住塔！”

我的身体比我空白的思维更快做出反应，在没有指令的情况下绕过大脑执行了动作。

我抓住了已经近到触手可及的扶手。

“点火！”阿南似乎醒悟到搏兔并没有老实交出我的打算，冷冷说道。

紧接着，大量八尺玉的导火线开始喷出火星，缓慢而坚定地吞噬起爆炸前最后的时间。

“离爆炸还有三十秒，放我下去我就停止。立刻遵从我的指示，赤石搏兔！”

“我来这里，可是为了保护樱花的！”

搏兔无视阿南的阻止，向我扔来了什么东西。我没能接住，眼看着它带着光芒坠向了地面。

“哪怕我死了，你也要自己做出选择！”

下一刻，搏兔就从我的视野中消失了。瞬息后，一股猛烈的上升气流吹起了我的头发。我满怀焦虑，也不知究竟发生了什么，总之先为了自保降低了塔的高度，朝地面落去。

下降途中，我抬头看向天空，看向搏兔、阿南和大量烟花飞去的方向。

我无法言语。

伴随着一阵闪光，八朵赤红的烟花接连绽放。

*

沾满灰烬的脏外套、仿佛被熏制过的烟尘气息和闪闪发光的银色手镯，这是我想去为母亲扫墓却没去成，而最终带回来的所有东西。

当我回到家，在洗衣篓旁捡起搏兔的袜子时，突然意识到一个事实：我又要开始一个人的生活了。一个人的房间寂静无声，这是理所当然的。我没有心情做任何事情，我脱掉所有脏衣服后，只穿着内衣进了房间，整个人倒在了床上。躺了一会儿后我才发现冷得要命。我的大脑的思维能力已经崩溃了，甚至连寒意都晚了半拍才察觉到。我原本想着飞着过去不会花太多时间，所以家里的暖气一直是开着的，但窗户却似乎没关严实，冷风不断灌进屋内。

对了，我原本是打算和搏兔一起回家的。

我连起身关窗的气力都没有，半裸着躺在床上挨冻。虽然眼泪呼之欲出，却不是马上就要哭出来，而是处于根据心情可哭可不哭的状态。此刻我只需回想起搏兔的脸和过去几周的经历，要哭出来是很简单的事，然而我现在却不想哭，所以将这些记忆全部赶出了脑海。

“未来人，两个都死了。”

我突兀地喃喃自语道。如今摆在我眼前的最大问题不是搏兔或阿南的死，而是未来人已经一个不剩的事实，想到这我就感到害怕。我被救了一命，这个事实沉甸甸地压在我的心头。我想，我或许会对烟花产生心理创伤。

“您在当前历史的设定停留时间还剩余一周，是否要返回注册时间点？”

正当我思绪万千、剪不断理还乱的时候，房间里的寂静却突然被一道电子音打破，惊得我从床上一跃而起。

声音的源头，自然是搏兔交给我的那个发着银光的手镯。

搏兔在那时对我说过“去选吧”。这是他带着必死的决心与大量烟花一同飞上天空前所说的最后一句话——也是他最希望传达给我的信息。

“回到未来”这个说法对我来说自然是缺乏实感的。这句话只有当主语是搏兔时才得以成立，或者以阿南，抑或夏目千秋为主语。

我父亲抛下我独自返回了未来。当我从搏兔口中听到这个事实时，填满我心中的第一感受是安心。父亲并没有死于非命，也没有被卷进某种事件，而是遵循自己的意志离开了我。

这是最能体现父亲风格的行为——回到未来，等着女儿跟上。

我能够使用“建筑师”技能的契机，是我的十八岁生日。在十八岁之前，我都用不了这个技能。这是年龄限制，没想到就连穿越时空而来的技能，竟然也要满十八岁才能使用。

搏兔的那句话是“去选吧”，他终究还是把选择权交给了我。当然，即便是我也有自己的生活，他也不可能强行带我离开。不告而别将我抛下的草率，以及现在尊重我意志的体贴，两者交织在了一起。

我意已决，向手镯问道：“我能回去吗？”

“检测到已注册的声线。您是子用户夏目樱花大人，对吧？通过亲用户赤石搏兔大人进行授权操作后，您将可以返回注册时间点。”

我差点跌了个跟头。

“如果亲用户死亡了呢？”

“亲用户被认定死亡后，一部分权限将立刻转移给子用户。”

“呃，那死亡状况要如何认定呢？”

我不太明白未来是怎么认定死亡的，这应该是设备会自主运行的判定流程吧？我不断提出各种问题，然而手镯却基本答不到点子上，就像微软的帮助页面一般驴唇不对马嘴。我试着将手镯戴在手腕上，然而它却没有什么特殊反应。

之后我通宵都在向手镯提问，然而最终得出的结论是：我似乎并不能靠这个手镯去往未来。想来也是，倘若搏兔还活着，而我恶意使用这个手镯，岂不是就把他丢在这个时代了吗？

“安全设计”——我突然想起了阿南说过的这个词语。

啊，我为何要这么拼命呢？我自嘲着，直接在被子上睡了过去。在入睡的一瞬间，我还意识到自己睡着了。说起来也是，这恐怕是我这辈子最疲惫的一次经历了。经历了机动飞行和高塔坠落的激烈体验，我的肌肉一直保持着绷紧状态，浑身上下无处不在向我诉说着疲惫。此时我自然是困得要命，那就睡吧。我的意识慢慢进入了梦乡，从一开始好像就是个清醒梦。

所以，当"你为什么这样子睡觉"的温柔嗓音响起时，我只是有气无力地觉得"有没有搞错，原来我是那种男人死了就会在忌日当天梦到他的类型吗"？嘴上回了一句："吵死了，死人就给我好好躺着！而且你倒是别死啊笨蛋！"然后又翻了个身。

因此，当身下的被子猛地被扯走，我就像被扯掉桌布的红酒杯那样滚到床垫上时，我还完全没有意识到发生了什么。紧接着我身上多出一床被子，视野也被遮住了。我本能地坐起身，想看清楚发生了什么。

"你会感冒的。怎么只穿着内衣啊，真是尴尬。"

我顿时清醒过来。从窗帘的缝隙中射进屋内的阳光，还有暴露在空气中的手脚末端传来的寒意，都让我发觉眼前的一切并非梦境。这是清晰的现实。

搏兔就站在我眼前。

他的脸颊上残留着烧伤的痕迹，衣服上也满是灰烬和烧焦的地方，这应该是那一堆地老鼠烟花造成的。对于一个被八尺玉爆炸直击的人来说，这种状态已经能算得上是毫发无损了。

我突然感到有些害羞，便像披浴袍那样裹上了毛毯，一时说不出话来。

搏兔"哈"地吐出一口气，只是说道："我好像还活着。"

"解释得太少了。"我不知该说什么，只好直抒胸臆。

“呃，因为我也不知道该怎么解释。烟花的确是爆炸了，但等我醒过来，却发现自己晕倒在了河滩上。而且晕倒的地方离大桥那边很远，我也不认识路，所以走了整整一夜才回来。”

“什么？怎么回事？也就是说，你被未来装置的力量保护了吗？”

“不，我没有那种能够抵挡八发烟花近距离爆炸威力的装置，而且要是有的话，我早就用上了。”

“现在不需要这种冷静的逻辑。”

明明昨天一点都没哭，此刻我却在不知不觉间泪流满面。震惊和离别的瞬间人会紧张，而相对安心的时候就会松弛下来。松弛下来的泪腺还真是刹不住车啊，我放松地想到。

怎样都好啦，只要搏兔还活着就好。

“欢迎回家。”

“我回来了。”

搏兔的目光停留在我手腕上戴着的手镯上。我注意到他的视线，抱怨道：“完全不知道这玩意儿该怎么用。”

“按照原本的设定，当我死后，它就会自动把权限转移到你身上。结果我还活着，所以就变成了没有我的许可你就用不了的状态……”这时，搏兔的表情突然一变。

我心想，你倒是早点反应过来呀！但考虑到他也很疲惫，头脑也不清醒，我也不是不能理解。

“你是试着用它，然后一直尝试各种方法，结果睡着了？”

“完全猜中。”

搏兔倒吸了一口气。

“那，你要去未来吗？”

面对这个问题，我的心脏仿佛爆炸了一般，从里面迅猛地冒出一行行文字。这份汹涌而出的情感的分量，甚至快要超过我迄今为止为了拿到文艺奖而写下的所有小说的字数之和。

我已经在这个时代生活了十八年，虽然母亲已经去世，父亲也回到了未来，但我的人生中当然不可能只有他们两个人。小学的朋友……基本上已经没再见过面；初中的朋友……除了叶由和几个与我升入同一所高中的人之外，也都没怎么联系；高中的朋友……虽然只有不知火一个人，但假如我用二十岁的相貌去见五十岁的她，她大概也会一如既往地像现在这样对待我吧？不过怎么说呢，我不敢想象没有不知火的生活，而我要是不在了，不知火也得独自一人度过最后几十天的高中生活。另外，若千寻有朝一日走上漫才之外的道路，我也希望留下与他再度发生交集的可能性，即便不再是恋人，朋友（前女友）的关系对我来说也很重要。我喜欢看电视和 YouTube（视频网站），喜欢跑去小卖部买面包，喜欢唰唰地翻阅纸质书，喜欢在电脑上写下自己想的内容。我还东一点西一点地努力学了英语的分词结构，背下了世界史上名字长得过分的罗马皇帝的名字，这都是为了我在这个时代的未来。我希望之后升上大学，在校期间获得文艺奖，接着入选芥川奖提名。当然，我不打算一步登天，而是打算不断地挑战下去，最终在毕业之前斩获芥川奖，在文坛华丽地崭露头角。如果无法实现这个目标，我就找份普普通通的工作，相夫教子。我很喜欢小孩，也希望留下子嗣。虽然我没有亲人，但父亲之前帮助过一位名字发音是“青影千织”的人，直到我大学毕业为止，每个月他都会给我寄来生活费，所以我在经济上并不拮据。现在这个家我住着很中意，如今的切缟市我更是再喜欢不过，而在未来，它会不会被合并成更大的城市呢？街道的景色总会慢慢改变，所有的歌词都是这么写的，要是它未来变成一座遍地赌场的城市，我还能否像现在这样深爱着它呢？话又说回来，未来还会存在街道这个概念吗？要是人类全部将灵魂转移到虚拟世界，我可能还得花点时间适应。说起来，我穿越的目的地是二〇六〇年，二〇〇五年出生的我应该不会被歧视到爆吧？总觉得“历史人”这种说法，多少有点在博物馆里隔着玻璃看展品的感觉。就算没被歧视，一个极度缺乏未来常识和教养的十八岁少女也生活不下去吧？就像把苹果 14 交到明治初期的人手里，我可不要变成那样。不过，这一点交给技能传承是不是就万事无忧了呢？有了技能传承后，战争是否已经消亡了呢？还能听到歧视、贫穷、饥荒、阶级、披头士这些名词吗？凭借“漫画师”技能，我也能画出《猎人》那样的作品吗？说起来，我希望自己能用上念力。既然有“烟花师”的技能，那么烟花大会应该也保留下来了吧？不行，我的想象力完全跟不上，未来太可怕了，比巴别塔蹦极还要可怕一兆倍。在二〇六〇年，还会有文艺奖、芥川奖和我的梦想吗？

不知为何，我想起了过去读过的一部小说《瓦特》，里面有一页长得要命的对话。虽然不及那种程度，但我的脑海中也在不断翻腾起思维的怒涛，冲刷着我的理智。

我抬起了头。

“那必须要去呀！”我说道。

好奇心远胜一切。

我心中的浪漫还没有干涸到能够放弃穿越到未来的机会。

第四章

幻想小说

拉库亚·布雷兹诺与死者的记忆

吸骨鬼族的进攻无比猛烈。

对于最为重视品格与廉洁的种族——魔法使族而言，将啃食同类——人类种的骨头作为战术来运用的吸骨鬼族，无疑是极度令人厌恶的对象。正如“会弄脏墙壁，所以打不死房间里的虫子”一般，可以说与他们发生战争的那一瞬间就已经输了。魔法使族将那群吸骨鬼称作“卑之眷属”，对其厌而远之。

拉库亚·布雷兹诺此时正站在魔法战阵的最内侧，不断迎击着层出不穷的吸骨鬼大军。

“明星五十度，‘火文节’小队准备——球火，放！”

脑海中直接响起了负责指挥的魔法将军的声音，这是借助通信系魔法使传达过来的。这道命令其实并没有必要传达给不属于“火文节”小队的拉库亚，不过这次将军懒得去精细指挥，他认为所有信息都应该共享才对。明星五十度方向上的敌人确实十分密集，这一点拉库亚也很清楚，但信息量太多的话只会超出战斗员的处理能力。

最重要的一点是——将军如今就站在拉库亚的身后。将军发出的指令全都被拉库亚听在耳中，实在是没必要特意再用通信魔法共享一遍。

正如拉库亚所预料的那样，暂时还没有出现友军大量死亡，或吸骨鬼们突破到魔法战阵的情况。目前还轮不到他出场，他需要保存魔力，等待时机的到来。

然而——阵地中央突然出现了一道人影，将拉库亚悠闲的想法砸了个粉碎。

“高贵的吸骨鬼卡雯·奥塔姆[1]前来拜访！你的头骨，我收下了！”

这个女人杂乱扭曲的黝黑长发令人感到不祥，粗糙的衣物简直就像裹在身上的破布。而最明显的两个特征，是她闪着暗红色光芒的瞳孔，以及嘴角露出的银牙，这表明了她的种族。

吸骨鬼卡雯在报上名号——可以说是浪费时间的行为——之后，忽然加快了行动速度。她一口气从阵地中央的桌子上一跃而起，低声念了几句咒语，便如离弦之箭一般直冲向将军。

吸骨鬼本身不具备飞行能力，也无法使用咒语。他们具备的是食育能力——通过吞噬骨骼来学习相应人类种的能力。

由此可以推断出唯一的答案——卡雯吞噬了“风文节”小队魔法使的骨骼，从而学会了飞行魔法。

“‘空文节’——景盆！”

拉库亚立刻开始吟唱，在将军周围制造出了一个透明的箱子，这是由操纵空间的“空文节”魔法所形成的防御。卡雯被透

[1] 奥塔姆：即英语 Autumn（秋天）的音译。

明的箱子阻挡，并在撞击中坠落。将军惊恐的表情映入了拉库亚的视野边缘。

他咋了咋舌。“景盆”虽然可以阻挡任何冲击，但持续时间还不到半刻，而且连续使用会消耗大量魔力。现在还不能把魔力浪费在这里，拉库亚真正的职责并非保护将军，而是在其他方面。

倒在地上的卡雯怒气冲冲地开始吟唱，甚至比拉库亚发动攻击的速度还要快。

“‘火文节’——球火！”

一个巨大的烈焰之球被释放了出来，甚至超过了魔法使族能够达到的水平。阵地中约有八成的面积被火焰覆盖，除了瞬间释放出“景盆”护住自己的拉库亚，以及被近卫们拼死护住的将军之外，其他士兵都被烈焰吞噬，凄厉的惨叫此起彼伏。有的士兵身上燃烧起来，还有的身体一部分碳化，更多的则是皮肤被灼伤。但总的来说，他们只是受了重伤，一时并没有生命危险，这是在战场上最令人厌恶的伤害类型。

“毕竟不能把你们的骨头都给烧焦了。”

卡雯的声音充满了发自内心的愉悦。她站在火焰中心，却奇迹般地避开了火焰的伤害。

被火焰炙烤过的空气变得稀薄，迎面而来的风依然带着仿佛能烤焦皮肤的余温。拉库亚忍受着晕眩感，目光下意识地追随着将军的身影。

卡雯动作矫捷地逼近将军，将军举起法杖，准备应战。

“‘钢文节’——刚金！”

“太慢了。那我就不客气了！”

卡雯轻松躲过将军释放出的金黄色钢刃，直扑将军的后脑勺。

她的动作如行云流水一般流畅，拉库亚甚至来不及释放“景盆”。

紧接着捕食的时间开始了，那画面让人不情愿地联想到吸骨鬼这个不祥名字的由来。卡雯从背后一口咬住将军的脑袋，伴随着“咻咻”的声响，就这么把将军的头骨吸食得一干二净。

卡雯意犹未尽地舔了舔嘴唇，而与她脸上满足的神情形成鲜明对比的是，将军头部的内容物已经失去了周围的支撑，整个人像软体动物似的瘫倒在地，发出微弱的悲鸣。令人惊恐的是，他此刻竟然还没有死。

卡雯的目光转向了拉库亚。这处战阵中此时还保持着正常状态的，可以说只剩下拉库亚一人了。

“你叫什么名字？”卡雯的语气天真无邪。

“拉库亚·布雷兹诺。”拉库亚如实作答，同时精准地估算着与卡雯之间的距离。

“拉库亚，你能替我带个话吗？就说魔法将军已经被我吃掉了。”

她的目的是用将军的死来打击士气吗？虽然她看上去野蛮粗鄙，但使用起战术来倒是有模有样。

“如果我拒绝，会怎样？”

“其实我对女人的骨头感兴趣得多，不过作为一名成熟的食客，我也不会抗拒男人骨头的滋味。况且，我的同伴们也饿了——来吧，大家都过来！”

随着卡雯的呼喊，能远远看见从阵地入口，也就是前线方向拥来一群与卡雯一般打扮的人影。这群卑之眷属，是来品尝奄奄一息的魔法使们的骨髓的。

拉库亚迅速开始吟唱——他必须要完成自己在这处战场上的使命。

"'空文节'——换交！"

能让同一空间内的两名个体互换位置的魔法被发动了，卡雯和拉库亚瞬间易位。

拉库亚无视惊在原地的卡雯，举起了自己最擅长的武器——差不多有一人高、前端伸出刀刃的大镰刀。这个魔具与其他魔法使的法杖截然不同，散发着灾厄气息，闪着幽暗的光芒。

"怎么，你还打算保护将军？他已经没有头骨了，就算你保护了他……"

卡雯调侃的话还没说完便戛然而止。拉库亚的镰刀已经砍下了将军的头颅，鲜血从切断面喷涌而出，取代了死前的痛苦。

"啊？什么情况？！"

"'空文节'——错介！"

随着拉库亚的吟唱，一直清晰可闻的呻吟声和哭泣声戛然而止——全部友军的头颅都和躯干分开了。

"欸？等等，这是什么？好吓人啊！"

"这是能让残余生命力低于一定程度的人类即死的咒语，也可以说是安乐死的咒语。"

卡雯露出了困惑的表情。

"为了不让同伴白白受苦吗？这倒是很高尚的想法……"

"我的目的不在于此。"

"那是为什么？"

拉库亚回答了这个本无义务回答的问题："不先去死的话，就没法复活啊。"

他将大镰刀举向了天空。死者的灵魂会重归天际——这是魔法使族的常识与信仰。

“‘空文节’——活复配支！”

伴随着吟唱声，战阵中所有倒毙的魔法使一齐站了起来，头颅和躯干也接回到一起，失去了光芒的双眼中闪烁着幽暗的光。

拉库亚将大镰刀指向从容逼近的吸骨鬼们，向死仆们命令道：“全力迎击！把尸体运到这里来。”

下一刻，复活的魔法师们整齐划一地向吸骨鬼军团释放出各自的魔法。比他们生前释放出的更加强力的魔法倾泻而下，瞬间击溃了敌军。

唯一的例外，便是在战阵内侧呆呆凝视着拉库亚的卡雯，她总算是回过神来，向拉库亚扑去。

面对死者的军阵，比起正面对敌，自然是直接干掉控制他们的咒语使用者要来得更快。这是十分合理的战斗方式。

“‘钢文节’——狱监！”

然而，卡雯的尖牙却被白银牢笼所阻挡。这是“钢文节”的使用者魔法将军释放的魔法。

拉库亚对着牢笼中茫然无措的卡雯冷冷地抛下一句话：“你会作为俘虏被带走。其他人我会全部杀掉，充当我的棋子。”

*

“拉库亚·布雷兹诺，对你的处罚已经确定。”

军事法庭的布置简陋得甚至可以用敷衍来形容——只有一名法官、两名助手，魔法军总督以及一名法务省的记录员列席。拉库亚没有椅子坐，只能站着听他们念完冗长的罪状和证据。

拉库亚本想爆粗口，哪有什么罪状？要是没有我的话，魔法使族的领土如今恐怕已经减少了三成……然而此时他连这点力气也没有了。由于使用了操控死者的魔法，拉库亚已经耗尽了魔力，再加上被拘留的三天期间被切断了魔力供应，他现在连站着都耗尽全力。

因此，即便听到法官的判决，他也无力进行正当的抗议。

“由于你杀害将军，以及亵渎包括将军在内的众多死者，判处你‘世界外流放’的处罚。流放期限为永久，流放地点为‘暗界’。”

暗界——拉库亚听过这个世界的名字。顾名思义，那是一个漆黑的世界，据说九成六的面积都被黑暗所包围。

“虽然这是与吸骨鬼的战斗中产生的必要行为，但你玩弄将军和同胞尸体的罪行太过严重。据报告，在看到死者们的头颅在战斗结束后齐齐掉落的场景后，很多生还的士兵都出现了精神异常。我们无法容忍这种与清廉高洁的精神背道而驰的行为。很遗憾，请你接受这个判决。”

拉库亚无视了总督试图装出一副抱歉的表情说出的这番话。迄今为止，总督都位于自己所属组织的顶点，是整个权力体系中应当服从的最高位存在。但那已经不重要了，因为“暗界”里没有总督。

仿佛是为了让总督少说两句，法官也开了口。

“此外，虽说是题外话……我们决定对俘虏卡雯·奥塔姆也做出同样的处分。”

拉库亚感到十分意外，自开庭以来第一次说话：“……为什么？拷问也好，当实验材料也好，拿去做谈判砝码也好，总会有用处的吧？”

“这三天里，已有四名官员被吸干了骨骼，她的吸骨能力令人瞠目结舌。我们判断继续监禁她是不划算的行为，所以决定将她和你一起流放到‘暗界’。”

拉库亚强忍着朝眼前的法官吐口水的冲动，他从未设想过，自己竟然会和一个吸骨鬼遭受同样的处罚。打开连接两个世界的大门需要庞大的魔力，他们恐怕是出于成本考虑，才顺带把吸骨鬼俘虏也给处理了吧。

“作为最后的仁慈，我们会错开年代传送你们，没必要特意跑去另一个世界还互相残杀……好了，最后你还有什么想说的吗，拉库亚？”

“没有，没什么要说的。”拉库亚没有任何反驳的力气，事已至此，他只想死个痛快。

第二天，拉库亚·布雷兹诺被流放了。

流放目的地是九成六的面积都被黑暗所占据的漆黑世界——“暗界”。

*

“时文节”和“空文节”的顶级术士们合力关上了流放之门。铃声奇数次响起，代表着流放已完成。穿越世界的界限后，会陷入三天的昏睡状态。虽然知道这个知识，但拉库亚从未想过自己有朝一日会成为流放对象。

意识慢慢苏醒，拉库亚想起了自己被流放的事实。为了看清现实，他缓缓睁开眼睛，然而预想之中的黑暗却没有出现，映入眼帘的是炫目的光线。

他似乎是在一座桥上。视线下方，青绿色的河水正在流淌。与“魔界”不同，这里的水不会突然喷发，听不到水精灵的歌声，也没有出现一半是水一半是火焰的情况。

拉库亚原本以为，自己会在黑暗之中因断绝魔力、食物和水的来源而死去，但仔细一想，任何世界都有人类种的存在，这已经是公认的定论。基本九成六的地方是黑暗，剩下的些许部分也应该有人类种生活才对。

拉库亚现在迫切需要情报。他需要掌握这个世界的常识、法则，以及这个世界定下的基调与礼仪。他环视一周，但并未发现人类种的存在。如果能找到人类种，就可以随便杀掉一个再使用“活复配支”，要多少信息都能提取出来。

就在这时，他突然意识到右手传来了熟悉的触感，他惯用的法杖也一起被传送了过来。虽然刀刃是收纳起来的状态，但确实是他的东西。

——看来他们是真心觉得“活复配支”的法术很肮脏啊。

拉库亚只得苦笑，就连并非施术者的魔具也跟着一起被流放，这简直是闻所未闻。看来自己真的是被他们所厌恶，但即便如此，他们也不得不将自己作为战力使用，矛盾的心态可见一斑。

拉库亚举起法杖，确认这里是否可以使用魔法。虽然存在缺少尸体和不清楚生前样貌的制约，但至少能用来指路的灵魂还是可以召唤出来的吧。

“‘空文节’——活复配支！”

法杖指向天空，唤来灵魂。总之，先召唤一个。

“——哇！这是啥呀？咦，那是衿架桥？我是在麻衣町吗？天哪！”

一个半透明的淡黄色光球出现在拉库亚眼前，灵魂的思维直接流进了他的脑海中。既然能够叫出桥和小镇的名字，拉库亚推测这个灵魂应该就是附近死去的居民。

复活成功了。

拉库亚原本以为“魔界”之外的世界都不存在魔力，但这里的空气中依然可以微弱地感受到。只要注意供需平衡，应该可以顺利使用魔法。此外，语言障碍也不再是问题。在魔界，为了和异种族之间顺畅交流，他设置了自动释放的翻译魔法，而这个魔法似乎还在持续生效。

“你叫什么名字？”

“呀！你是谁？这是什么状况？”

光球轻轻跳动了一下，这是灵魂特有的惊愕表现。

“回答我，你的名字。”

“名字……”

“我是指你生前的名字。”

“名字……唔，想不起来了。”

支配术毫无疑问生效了，那么对方无法回答，也就说明他真的失去了记忆。

这个魔法原本需要复活对象的尸体在场才能施展。此时条件不满足，所以这个灵魂应该是以不完全的状态从死者的国度被召唤而来的。

“那么，你还记得这个世界的常识吗？说说这个世界的历法是怎么刻的。”

“历法……就是日历对吧？二十四小时是一天，三十天是一个月，三百六十五天是一年。一天就是地球绕太阳一周的时间。

现在是……树都枯了，应该是冬天吧？”

“太阳和地球是什么？”

“太阳就在天上啊，那个亮亮的东西。地球就是我们现在所处的星球。地球会绕着太阳不停地转。”

“我换个问题。这个世界的法定货币是什么？”

“世界不好说，在日本是用日元。”

“人类种维持活动所需的能源要如何获得？”

“呃，就正常吃饭啊，肉啊蔬菜啊什么的。”

“娱乐活动有哪些？”

“娱乐啊……怎么说呢？种类可多啦，像电影、电视剧，还有剧场什么的。”

“成人仪式要做什么？”

“穿着振袖[1]或西服，听本地的市长讲话，还有喝酒。”

“……内容正确与否尚不可知，但从说话方式来看，一般常识的记忆似乎没出什么问题。即便关于自身的记忆缺失了，也不妨碍作为向导来使用。”

光球左摇右晃，无法判断是在表达什么情绪。既然要让这个灵魂充当向导，那么这方面的沟通最好也不能有障碍。

“化形吧。你还记得自己的享年吗？”

“唔，不记得了。”

“也罢，你想化成什么样都行。”

很快，光球便化作一个半透明人形，长着一头长发，穿着上

---

[1] 振袖：日本传统和服的一种，常用于比较正式的场合。

下身一体的衣服，面容天真无邪，看上去还是个孩童。

“变成这副模样，总觉得很不自然。感觉上我应该没这么年轻吧？”

“反正也只有我能看见，你想怎样都行。”

灵魂的姿态只有施术者才能看到，在旁人眼中，拉库亚就像是一个人对着空气自言自语。但拉库亚并未特别在意这一点，获取信息才是当务之急。

“另外，你需要一个名字。如果不记得生前的名字，那就现在取一个吧。”

“嗯，总觉得我的名字应该跟花有关，似乎是植物系的印象……那就叫咲[1]吧。”

“好的，咲。”

拉库亚郑重地面向咲说道：“简单介绍一下我自己。我叫拉库亚·布雷兹诺，来自另一个世界。那是一个魔力充斥在空间的每一个角落的世界，叫作‘魔界’。我是魔法使族的成员，主要使用‘空文节’，也就是空间系的咒语。我被流放到了这处‘暗界’，所以对这里可谓一无所知。你要帮助我，让我能在这里生活下去。”

“帅，你会使用魔法呀。是哦，难怪我会像这样复活，还能思考和说话。你那头柔顺的银发和正统的长袍也帅爆了，真有魔法使的派头。”

“你能改改那种缺乏敬意的说话方式吗？”

[1] 咲：与“笑”发音相同，在日语中表示开花的动作，是日本名字常用字。

既然身为被支配的对象，就应当对拉库亚这个主人保持尊敬才对。

“没关系啦，我们好好相处吧。”

一般来说，被复活的灵魂不会如此自来熟地说话。果然这个术法的效果和平时有所不同。是因为没有满足复活条件吗？还是因为不同世界的缘故呢？抑或是——这个灵魂生前的性格使然？

拉库亚吟唱记忆传承咒语，将咲所拥有的关于这个世界的常识全部复制了一份到自己的脑海中。几个小时后，他输入的信息已经足以让他像这个世界的人那样行动，而不会露出任何马脚。

“有必要先构筑生活基础。去找个住处吧。”

“啊，在那之前还需要一个名字。难得有机会，就取个日式名字吧。”

“的确需要个名字。我人生地不熟，你帮我取一个吧。”

“那就用我生前憧憬的姓氏排行榜第一位的‘白羽根’来做姓氏吧。名字用原来的就可以，勉强说得通。白羽根拉库亚，就这么定了。”

“你不是没有生前的记忆吗？”

面对拉库亚指出的问题，咲嘿嘿地笑了起来。

“好像一些无关紧要的记忆还留着，关于自己的身份啦背景啦之类的信息却完全想不起来。而且我总觉得说话方式和第一人称也不是那个味儿，有一种像是在扮演别人似的异样感……”

拉库亚无视咲的喋喋不休，叹了一口气。

“可是，没有钱我如何生活呢？还得找住处和工作……”

“喂。”

拉库亚自言自语，还没说完，眼前突如其来地出现了一张脸，一张残留着烧伤痕迹、面无表情的中年男子的脸。拉库亚不禁吓了一跳。

“你身上有不同时空的气息。难道说，你是时空回溯者吗？”

听到咲的常识中并不存在的“时空回溯者”一词，拉库亚顿时慌了神，他没法做出回答，就这么保持着沉默。

也不知男人是如何理解的，只见他微微一笑，说道：“失礼了，我叫阿南乱麻，是来这个时代寻找未婚妻的。”

“‘来这个时代’是什么意思？怎么像是时间旅行者的说辞。”

“说得你像是个时间旅行者似的。”

拉库亚说出他脑海里咲的感想。

“没错，我就是时间旅行者。这个装置就是所谓的时光机器，你的呢？”

阿南展示了一下戴在左臂上的银环状饰品。

“我不太懂，但看起来很可疑。时光机器这种东西只会在漫画里出现啦。”

“我还以为时光机器这种东西只会在漫画里出现。”

拉库亚照本宣科地说出了咲的感想。

阿南微微一笑，说道：“可你现在却在这里，在一个你还没出生的时代。”

“你怎么知道？”与其说时代，应该说是不同的世界才对。

“我能感应到……通过我身体里的性冲动。话虽如此，你并不在我性癖好范围里，这反而让我觉得很奇怪，真有意思……”

“不妙啊，拉库亚，这家伙不正常。”

咲的语气中毫不掩饰自己的厌恶，拉库亚也在内心暗自点了点头。

“你这人不太正常。”拉库亚转过身就准备离开，“就此别过，后会有期。”

“我可以雇用你吗？”

拉库亚顿时停下了脚步。

“我可以向你支付这个时代的货币——总共二十万日元。拿好，这是预付的十万元。”

阿南将十张纸币塞进了拉库亚的手里。

“哇！都够在三边那一带的商务酒店住上二十晚了。但是不行啊，这么可疑的家伙随便委托路人的工作，不可能是什么正经活儿。”

拉库亚接过阿南递过来的一张纸，那是一张身穿校服的少女的照片。

“夏目樱花——她是我的未婚妻。请你打扮成可疑人士的模样袭击她，然后我会出手相救，博取她的信任。”阿南又小声补充道，“但绝对不可以真的攻击她哦。”

*

完成向夏目樱花施压的工作拿到尾款之后，咲显然是生气了。

“我反对过了吧？怎么可以把女高中生推到那种可疑的男人身边呢？那家伙虽然声称对方是未婚妻，但肯定是假的。会做那种事的家伙说的话根本就不能听！”

“我只是稍微恐吓了她一下而已啦。”

“那也很恐怖啊，会给女孩子留下心理阴影的！我不想待在一个会伤害他人的家伙身边，我不要给你做向导了！”

拉库亚片面地承受着怒火，此刻终于也忍不住心中的焦躁，针锋相对道：“我无所谓。只要在这附近随便抓一个路人杀掉再复活，应该就能得到一个比你更听话的仆人来当向导了。”

“别这样！”咲的表情变得扭曲，“不要随随便便就杀人。”

看着她那副痛苦的表情，拉库亚感到了一丝内疚。

“……真搞不懂。夏目樱花也好，那些路人也好，跟你也没任何关系吧？你为什么要那么激动？”

“不知道，我又没有记忆。”

咲直直地盯着拉库亚，伸出手去触摸他的脸颊——由于是灵体的缘故，拉库亚并没有被触碰的感觉。

“但是，不需要记忆我也能理解。刚才看到那女孩的时候，我心中突然涌出一种感觉，似乎曾有一个孩子在我死去的时候非常悲伤。虽然只有一点点，但我好像回想起了生前的感觉。我真心不希望任何人死去，因为那太悲伤了。”

面对咲的诉说，拉库亚不禁移开了视线。虽然她说的内容远远谈不上有逻辑，但从那具连触摸都做不到的半透明身体里，却传递出了无比炽热的情感。

“老实说，我也不太明白自己的感情。我被单方面召唤出来，被复活，却失去了记忆。我不知道自己是谁，所以也想不起来复活后想要去见谁。但或许是本能的缘故，我的身体还记得——我自己并不想死，也有人不希望我死。”

“那是……”拉库亚惊讶地发现自己竟会想道歉。从未听说过有哪个施术者会对自己召唤出的仆人道歉的。

然而在脑海里直接响起的话语中，却蕴含着令他无法置之不理的真情实意。

“我的记忆，真的无法恢复吗？有没有那样的魔法？”

“这次的情况很特殊，不是那种能靠魔法来恢复的记忆丧失……不过，以某个事物为契机而恢复记忆倒是很有可能。记忆必定会镌刻在灵魂里，只不过现在你的灵魂信息还处于一种混乱的状态——毕竟是我强行把你召唤回来的。”

拉库亚的语气中带上了些许歉意。

“既然这里是你的家乡，那么在不断接触这座城市相关信息的过程中，还是有机会理清灵魂里的混乱状态的。”

“那就帮我恢复吧，恢复我的记忆。”

“就算你这么说……”

“我不是说现在。我会好好引导你在这个世界上生存下去，所以也请你尽全力帮助我恢复记忆。我们定下这样的契约吧。”

“这个我倒是无所谓。”

“原本在复活的时候就应该缔结服从施术者的契约才对……”拉库亚小声嘀咕道，却没能逃过咲的耳朵。

“你刚刚说了什么？”

“没有，没什么。”

“你要是把我当作自己的仆人或使魔，想让我服从你，那你就想错了。我是被你擅自唤回现世的受害者，我们的契约必须是平等的，或者对我更有利。”

“这不是都听到了吗……”

拉库亚软弱的抗议被咲给无视了。

“既然是对我更有利的契约，那我希望你能严格遵守。第一条是不能杀人。人死了就再也见不到了……”

说到这里，咲仿佛突然意识到了什么似的抬起头来。

“难道，在你的世界里并非如此吗？人死了也不会悲伤吗？也对，反正死了还能复活嘛。”

拉库亚在内心暗自赞叹，尽管她直到刚才还是一副怒气冲冲的样子，却还能站在对方的角度思考问题。甚至考虑到了不同世界造成的生死观差异。拉库亚心想，原来咲是一个这样的人。

“即便在‘魔界’，据我所知能使用复活咒语的人也只有我一个。这并不常见。”

“那么，你是如何看待人的死亡的呢？如果是对你很重要的人死了呢？”

“……我自己，从不会因某人的死亡而悲伤。死亡不过是移动罢了，死去的人只是去了天空，有朝一日我也会去那里。只要我愿意的话，我也可以从天空把他们召唤回来。”

这是拉库亚第一次将自己对死亡的态度付诸言语。他过去从未被自己的支配对象发过脾气，更重要的是——这里没人知道自己士兵的身份。身处陌生世界的这一事实，让他卸下了心防。

“啊，果然是这样。拉库亚是另一个世界的人，所以伦理观和对死亡的理解也跟我们不同，这一点我能理解。不过，这里毕竟是属于我们的世界，所以请你同步到我们的标准上来。第一条，不能杀人。”

热火朝天的对话到这里戛然而止，化作一片寂静。咲在脑内响起的声音平息了下来，拉库亚的思绪也变得清晰了。

“我知道了。”拉库亚出乎意料地坦然点了点头，“这是我们的契约。在这个世界，我不会再去杀人。所以……”他伸出了手，“作为我的向导，留在我身边吧。”

“嗯，好啊。那就请多关照了。”

咲挺起胸脯伸出了手。尽管拉库亚完全接受了她的要求，还摆出了谦逊的态度，但咲并未流露出受宠若惊的神色。这一点很不错。

接触不到的两只手重叠在一起，象征着伙伴关系的诞生。

“话说，既然你是这个世界唯一能使用魔法的人，那多去帮助别人也不错嘛。”

“帮助别人……就算你这么说，我也不知……”

“这和我们说好的根本不一样！”

突然传来一个带着怒气却略显无力的声音。拉库亚回头一看，只见一名瘦弱的青年和一名头发染得黑白分明的美女一边争吵一边走过来。他不由得竖起了耳朵。

“都说我的毕业论文进度严重落后了。你是侦探对吧？应该喜欢这种谜题吧？帮我推理一下嘛。”

“那种奇异现象不在我的专业范畴内。你倒是给我弄点密室或不在场证明的谜题嘛，我分分钟就能帮你解开。”

“那可不是奇异现象，而是实实在在的案件！而且自从二〇〇四年以来，每年都会发生几起，这难道不反常吗？已经十九年啦！这已经属于开膛手杰克那种历史留名级别的连环杀手了吧？！”

“春崎啊，我虽然很想夸你调查得非常仔细，但只有头骨和脊椎骨被取走的尸体，这根本不属于诡计或推理的领域吧？我可不管这事。”

拉库亚猛地站起了身。那对争吵的男女已经吵着走远了。

“你怎么了？”

咲歪着头问道。

拉库亚感到自己身上慢慢沁出了冷汗。

另一名被流放者也在这里，她被流放到了比拉库亚更早的年代。

*

“同时存在着无数个世界，例如我原本所在的‘魔界’，我们现在所在的‘暗界’，其他的还有‘果界’‘莉界’‘天界’‘伽界’‘颜界’等等，这些世界唯一的共同点是都由人类种主宰。各个世界的文化、风俗、物理法则、世界构造都大相径庭，各种人类种的能力也千奇百怪。像‘暗界’的人类无论怎么锻炼都无法使用魔法，但‘魔界’的魔法使族从婴儿时期就能使用魔法，诸如此类。”

“听上去好奇幻啊。虽然这话由死而复生的我来说有点那啥，不过一时间真是难以置信。”

“对于其他世界的存在，有的人能够意识到，有的人则毫无察觉。我原本所在的‘魔界’里，所有人对此都有深刻认识，甚至在初等教育的内容中就有学习各世界特征的课程。而身处‘暗界’的人们则无法意识到宇宙的多元性。似乎就是这样。”

“好吧，毕竟证据都摆在我面前了，我也不得不相信。宇宙之外，真的存在其他的世界。”

“没错。世界与世界之间是相邻的。而按照‘魔界’中魔法使族的法律规定，比死刑更重的刑罚就是流放到其他世界。”

“这么说，拉库亚你做了很坏的事吗？”

“罪行轻重是一个标准，不过也存在罪行较轻，但不希望留下罪犯尸体的情况。要说的话我算是后者。毕竟我死后，我所支配的那些死者有可能会全部被解放出来。原本，我就是被他们隔离对待的存在，可以说从出生起就处于缓刑状态。虽然我因被认定具备战术价值而被征召进了军队，但高层们听说我杀掉将军和同伴们并支配了他们后，终于还是想起了操纵死者这种魔法的残酷之处。”

“听不懂的词语太多了，完全不能理解。”

拉库亚苦笑了一下，摸了摸她的头。虽然是灵体，并无法真正触碰，但亲昵的信息还是传达了过去。

“比起被抚摸，抚摸别人才更合我心意呢。”

咲一边说一边抱起了胳膊。

“我想告诉你的内容从这里开始……在我的世界里，除了魔法使族之外，还存在着其他人类种——城切族、食颜族、剑使族、星使族、龙人族、海族……其中就有一种吮吸骨髓的种族，叫作吸骨鬼族。魔法使族和其他人类种都可以像呼吸一般吸收空间中的魔力，而相对地，吸骨鬼族则通过吮吸其他人类种的骨髓来获取魔力。”

“欸？难道说刚才路过的两人说的……就是这回事吗？”

“没错。她恐怕是被流放到了比我更早的年代——也就是十九年前。看来她一直以来都在吸食这个世界的人类骨髓。我要找到那个叫卡雯的吸骨鬼，并干掉她。”

拉库亚通过一种能够将周围魔力含量可视化的咒语，确定了目标位置。

“即便按照我跟你签订的契约——吸骨鬼也应该不算人吧？”

拉库亚和咲来到了距离他们作为据点的商务酒店约十五公里远的一处深山废屋。

房屋的墙面八成都被爬山虎覆盖，屋顶瓦片掉了一大半，玄关大门扭曲成一个奇怪的角度——从外观就能一目了然地看出，这栋房屋没有进行任何维护。

从房屋中，拉库亚探测到了明显超出“暗界”合理水平的魔力。

“虽然你说吸骨鬼会吸食其他人类种的骨骼来获取魔力，但这个世界的人类并没有魔力吧？这样这种能力岂不是就没用了？”

面对咲的疑问，拉库亚小声答道：“我在这处小镇待了十天左右，发现‘暗界’的人类种之中，也存在着身具一定魔力的个体。那家伙恐怕就是发现了那样的人类，并将他们的骨骼给吸食掉了吧。”

“吓人！”

“不过，那种人类个体相当特殊，不是轻易就能找到的。而我身为魔法使族，拥有相当多的魔力，卡雯迟早会找过来吸食我。既然如此，还不如主动出击，将她消灭。”

拉库亚取出用布包着的法杖，弹出刀刃，使其变为大镰刀形态。

“拜托了。”

“收到！”

咲先行一步，穿过墙壁进入了屋内，她的身影只有拉库亚才能看到。过了几十秒后，咲的声音在拉库亚脑海中响起：“进玄关直走，走廊尽头的右侧房间里。”

收到报告的同时，拉库亚便挥舞着大镰刀，将玄关门斩成了两半。腐朽的大门轻易让开了通向室内的道路。他迅速冲过大门，沿着走廊突进。

“我还以为会是更像怪物的相貌，没想到只是普通的人类长相嘛。不如说还有些可爱。”

拉库亚无视返回身边的咲的感想，摆出一副随时都能吟唱防御咒语的戒备姿态，砍破房门冲了进去。与预想中立刻飞扑过来的情况相反，卡雯正坐在房间中央一把满是木刺的椅子上。

“我还以为是谁呢……真稀奇。身为魔法使族的你怎么会在这种地方？”

卡雯的声音虚弱无比，简直就像在肚子上开了一个洞似的。拉库亚无视她的问题，反问道：“你在‘暗界’的生活怎么样？”

“按这边的说法，我已经在这里待了十九年，差不多也习惯了。”

“习惯了还是这副寒酸模样？”

卡雯虽然穿着一件鲜红的连衣裙，服装本身并不像在“魔界”那样破旧，但上面到处都是污渍和黑斑，脏得要命。

“魔力太稀薄了。偶尔……大概也要一年才碰得上一个稍微像点样的人类让我吸收，但还是远远不够。我一直都处于饥饿状态。”

“那你活着还有什么意义？与其苟延残喘，还不如自行了断。”

“即便去死，我也一定要死于魔法之下。”卡雯透过长长的刘海，露出了一个虚弱的微笑，“如果死于饥饿或疾病，那就去不了死者的国度了。我必须要死于魔法。”

在吸骨鬼族的生死观中，死于魔力便是莫大的荣耀。拉库亚原以为这是为了在与魔法使族的战争中鼓舞士气而作的洗脑宣传，没想到即便被流放到另一个世界，卡雯却依然秉持着这种想法，看来这是一种根深蒂固的思想。

“就当是积德，你能用魔法杀了我吗？我已经累了，实在是无法融入这个世界。”

“既然如此，那倒是无妨。”

对方如此干脆地交出了性命，反而让拉库亚有些无措。他原本都做好了战斗准备，却仿佛一拳打到了空处。事实上卡雯已经虚弱到了极点，也看不出她想要迷惑自己再伺机偷袭的意图。

拉库亚举起大镰刀，开始吟唱。这是一个能够连空间一起斩断的咒语——被卷入咒语的物体，无论是脖子还是腹部，都会被毫不留情地切断。相对地，这个咒语的弱点在于难以命中，不过既然对方是一心求死，这个缺陷也就不存在了。

“‘空文节’——层断！”

然而，在他吟唱完咒语之前，咲抢先一步叫道：

“等等，拉库亚！如果她一直生活在这种肮脏的地方，那头发就太干净了！一点儿都不油腻，还泛着光泽，她肯定经常洗澡！”

这么说还真是——思考出现杂念后，咒语的发动也随之慢了一拍。卡雯的双眼泛起红芒，那是吸骨鬼进入战斗状态时的眼睛。

与此同时，天花板上传来巨大的魔力波动，拉库亚强行将“层断”的攻击目标从卡雯转向上方。下一刻，几乎覆盖了整个天花板的巨大火墙向拉库亚压下。虽然通过“层断”削弱了其中一部分的威力，但拉库亚无法将袭来的一整面火焰全部防住，右半身遭受到火焰的重击。咲发出的尖利悲鸣声直刺脑海。

这是能够感应到咒语发动并发出的魔法陷阱——这是“火文节”小队常用的战术，是被卡雯吃掉的过去的同伴们的战术。拉库亚意识到自己彻底中了对方的圈套，对自己的大意和疏忽暗恼不已，同时也冷静地分析着战况。总之，不逃离这片火海的话，一切都无从谈起。

“‘空文节’——”

拉库亚立即试图吟唱防御咒语，但火焰耗尽了氧气，他无法呼吸。木质结构的房屋很快被烈焰吞噬，狂暴的火舌已经占据了整个空间。

“拉库亚，冲到前面去！去卡雯那边！”

拉库亚向前看去，只见卡雯正带着胜利者的微笑傲然屹立，与先前的虚弱状态判若两人。她的周围没有一丝火焰，这是魔法陷阱避免误伤友军的机制。

拉库亚就地一蹬，朝着卡雯冲去。卡雯似乎预判到了他的动作，露出尖牙，摆出一副准备吸骨的架势，目中无人地笑了笑。

“‘空文节’——景盆！”

拉库亚好不容易吸进一口气，快速吟唱道。卡雯的尖牙被拉库亚周围的透明箱子挡了下来。

“你这装穷卖惨的演技还真不是吹的。”

“一想到自己已经十九年没尝到魔法使的骨头味，我就什么都能做到。”

随着时间推移，景盆的效果很快消失，卡雯再次向拉库亚扑去。拉库亚挥舞着大镰刀一边牵制一边闪躲，却还是被卡雯挥来的利爪抓住了右臂。锋利的指甲深深陷入拉库亚已被大面积烧伤的前臂，他忍不住呻吟出声。

“都是拜你所赐，我才被流放到这个无聊透顶的世界！”

卡雯猛地拉扯嵌入拉库亚右臂的利爪，留下四道深深的伤痕。剧烈的疼痛让拉库亚眼前一黑，他的身体瞬间僵直。

卡雯趁此机会，朝他腹部送上了一记凶猛的飞踢。拉库亚结结实实吃下了这一击，再次被踹飞到火海中。他强忍着冲击，深吸了一口气。

“虽然我讨厌男人的骨头，但你的骨头我是不吸不快！”

“拜托，这句台词可是我要说的——‘空文节’——换交！”

拉库亚吐出被火焰吞噬前所吸入的空气，吟唱出交换位置的咒语。卡雯被送入火海，拉库亚则转移到了安全地带。

“烫——！浑蛋，去死吧！”

卡雯立刻朝拉库亚扑去，拉库亚却按兵不动，他不能浪费魔力。面对笔直扑过来的卡雯，他举起大镰刀横扫而去，目标是对方的嘴巴——他要毁掉那不祥的尖牙。

然而，卡雯却精准地用右手挡住了大镰刀的柄。她看似被怒气冲昏了头脑，实则在冷静地预判拉库亚的招式。她忠实于吸食骨髓的欲望，不断寻找着最佳行动方案。

拉库亚强行继续挥动被挡住的大镰刀，卡雯则用右手将其拨到上方，俯下身蹲着躲了过去。拉库亚上身前倾，左半身露出了破绽。卡雯自然不会放过这个机会，脚下一个猛蹬便扑了过去，一副要将对方的肋骨啃食殆尽的架势。

拉库亚早已预料到这一动作，他轻轻跳起，吟唱道：“‘空文节’——景盆！”

拉库亚身边再次出现了透明的箱子。跳到空中的拉库亚受到重力影响开始下落，一脚踩到了箱子的底部。浮在空中的箱子随即带着他一起降下，狠狠砸到了地板上。房屋发出悲鸣般的倾轧声，剧烈晃动起来，被烈焰吞噬的房间彻底垮塌了。

房屋的立柱和屋顶向内侧倒塌，如雪崩一般向卡雯砸去。尘土、烟雾和火焰遮蔽了箱子的外部视线。在景盆效果消失的瞬间，瓦砾和火焰也随之袭来。拉库亚挥舞着大镰刀开辟出一条道路，逃了出去。

*

“你叫什么名字？”

在路边偶遇这位女性时，拉库亚不由自主地抓住了她的风衣下摆，试图阻止她离开。这个动作实在太不正常。果不其然，咲立马喊道：“你在做什么啊笨蛋？！”

被他抓住的女性显然很慌乱，感觉随时都可能哭出来。拉库亚慌忙想要解释，却一时找不到合适的措辞。

“抱歉，我不是什么坏人……”

“有，有什么事吗？难道你认识我？如果是那样的话，真对不起……”

这名女性也有些不知所措，反倒向拉库亚低下了头。拉库亚无奈之下，只好坦白向她搭话的原因。

“您是否正因自己的与众不同而感到困扰？例如某种感官异常发达，或者缺乏某种感官之类的……”

“啊？”

女性抬起头，两人四目相对。

“我能够感知到这种情况。”

“实在是可疑到爆了，简直就像个神棍。绝对会被警惕的……”

“那个……可以请您仔细说说吗？”

女性自称乙黑，她是拉库亚在“暗界”遇到的唯一一名拥有的魔力足以与魔法使族匹敌的普通人类。拥有如此庞大的魔力，一般来说她的肉体或精神应该也会受到某种恶劣的影响。

拉库亚成功地将卡雯埋进了燃烧的废屋中，却没能确认她的死亡。他本以为等火灭了之后找到对方的尸体就万事大吉了，所以并未当回事，却不料卡雯似乎利用咒语挖了个地道，从地下逃走了，自己也失去了她的踪影和魔力的气息。

两人都受了不小的伤，拉库亚估计卡雯一时半会儿也不会再找上门来。此外，他推测卡雯此时应该会先去吞噬拥有魔力的特殊人类的骨骼，待补充魔力之后再发起进攻。

因此，当他与那位女性——乙黑擦肩而过的瞬间，这才忍不住叫住了她。

拉库亚和乙黑走进了旁边的一家咖啡馆。

“这孩子虽说有点黑眼圈，但长得还蛮可爱的。她有三十岁左右吧？”

拉库亚无视咲的评论，观察起了乙黑。她有着一头微卷的赤茶色头发，身穿一件粗针织毛衣。正如咲所说，她的眼睛下方有黑眼圈，而且还残留着似是泪痕的微肿痕迹。

虽然特意找了一家咖啡馆，但拉库亚还是不知道应该从何说起。

“不好意思。我也不是说要帮别人解除烦恼之类的，只是忍不住想跟你搭话。我感觉你一定有什么困扰。”

“具体的内容又不说，不能再可疑了。”

“吵死了，我又不可能一五一十地都讲出来吧。”

拉库亚不经意间把对咲的反驳说了出来，慌忙道了个歉，又装出一副若无其事的表情喝了口咖啡。面对拉库亚一连串只能说是莫名其妙的举动，乙黑却似乎并未在意，反而问道："拉库亚先生，您今年多大了？"

"二十五岁。"拉库亚按照咲之前嘱咐过的，报出了一个与外貌相符的年龄。

"那你比我小，我就不用敬语了。其实呢，我有点事情想跟你商量。"

以此为开头，乙黑如汹涌的潮水一般诉说起了自己的恋爱烦恼。她似乎是很想找个人倾诉，一直滔滔不绝地说着自己刚被甩的经历。咲在拉库亚的脑海里评论着"哇哦""两个人都有点问题吧"等想法，拉库亚则原封不动地把这些评论说了出来，以作回应。

聊了将近两个小时，咖啡和冷饮都喝完了，这时拉库亚开口问道："你之后有什么计划吗？"

"后天不是平安夜吗……我一定要在那天跟他复合。所以，我打算在他公司门口等他，然后带他去我们留下过回忆的地方，重新开始。这次，我要主动向他求婚。"

"留下过回忆的地方，是指哪里？"

"在衿架桥上。当时我就是在那里被他表白的。"

或许是因为往事不堪回首，乙黑不禁低下了头。拉库亚对这些情感纠葛并不怎么关心，他只希望获取必要的信息，于是又问道："是吗，那明天呢？"

"明天正常上班，毕竟也不是周末。"

拉库亚又问了问她的工作单位和出勤时间，听她抱怨了一会儿公司之后，便结束了谈话。

“最后，我稍微有点在意……她是博多人吗？说话有点博多腔。”

“最后……请问乙黑小姐，你是博多人吗？”

“不，是因为我前男友说他喜欢博多腔，我才去学的，还找了博多本地的朋友学习。”

“博多本地人啊。”

离开咖啡馆目送乙黑离去后，拉库亚使用了隐身咒语，又跟在了她后面。

“近距离聊过天后我更加确信了……她拥有的魔力非同寻常。卡雯无疑也能察觉到，很有可能会过来觅食。我们先观望一段时间吧。”

要是吞噬了如此大量的魔力，卡雯恐怕将回到全盛状态。

“是啊，我也不想看到她被吃掉。”

咲说着，调侃地笑了笑。

“拉库亚的想法也从杀人转变到了保护别人呢。”

“不，我唯一的想法是彻底干掉卡雯。”

“虽然嘴上这么说，但你分明是在担心乙黑。拉库亚，有帮助他人的想法是一件很了不起的事情哦。”

“那并不是我的主要目的。”

“说真的，这就很好啦。如果她在这里死了，她自己的人生，以及她今后将牵扯到的其他人的人生，都会发生或大或小的变化。未来乙黑或许还会养育自己的孩子，如果她在这里被吃掉的话，那么她的子孙后代也会全部消失。你如果能在这里保护好她，那真是一件非常厉害的事情。”

听乙黑说了那么一通后，咲也变得话多了起来。难道“暗界”的人类一旦打开话匣子就关不上了吗？

咲耸了耸肩。

“随便说说啦，就当是死者的伤感情结。”

“你今天的话还真不少。”

“总觉得看到那种为恋爱而苦恼的女孩子，连我自己都为之心动了。青春什么的，对我来说都是几十年前的事情了……”

说到这里，咲突然停下了话语。拉库亚也察觉到了。

“你恢复记忆了？”

“呃，是吧。也算不上是恢复了记忆，就是感觉自己好像也有过像乙黑那样恋爱脑的时期。或许我的记忆正在一点点恢复也说不定。”

咲抱起双手歪着脑袋，似乎正在沉思。

“话说回来，方言啊……我稍微有些在意，她的说话方式……”

“说话方式怎么了？”

“啊，抱歉，我只是自言自语。嗯，总觉得已经快要想起来了——”

拉库亚脑海中回响着咲暧昧不明的自言自语，就这么一路跟着乙黑到了她家，然后在附近潜伏了下来。

*

“卡雯真的会来袭击吗？我们埋伏了快两天，完全不见她的影子。”

正如咲所抱怨的那样，拉库亚已经在乙黑周围埋伏了将近四十个小时，卡雯依然没有现身。通过咒语来隐身虽然会消耗一定体力，但幸亏咲不用睡觉，一直在负责警戒，所以拉库亚还是保证了适度的睡眠。

十二月二十四日傍晚六点多，该是吃晚饭的时候，整个城市都已被圣诞节的气氛所笼罩。据说这是庆祝外国神明诞生的节日，但拉库亚始终想不明白，彩灯和蛋糕又是怎么牵扯上关系的。

即便在拉库亚这个对本世界服装品位一窍不通的人来看，乙黑今天的穿着打扮也明显要比前天在咖啡馆聊天时的要更加用心。她的头发被高高扎起，脸部曲线比前天要优雅得多，黑眼圈也遮得很干净。虽然被大衣和围巾遮挡着，但时隐时现的项链和耳环看上去也恰到好处地起到了装饰作用。可以看出，这一天对她来说是个很特别的日子。

乙黑在下午五点半的时候冲出公司，径直来到了此处——伫立在这座城市中层数最高的写字楼前。这里应该就是她前男友的工作地点吧。

“不，她很有可能会来。连我也感到惊讶的是……乙黑的魔力相比前天又变强了。”

“怎么回事？魔力还会随着所有者的情绪高涨而波动吗？”

“不，人类拥有魔力这件事本身就极为罕见，而且她的魔力似乎给她带来了很大的痛苦。我也不太清楚到底是怎么一回事，但可以肯定的是，如果她继续按这种水平散发魔力，即便卡雯依然潜伏在那座废屋附近，也会被她的气息所吸引而赶到这里来的。”

“不是吧，我突然有些害怕了。”

“对你来说也没有任何危险吧？毕竟你都已经死了。”

“我是在担心乙黑和你啦！别让我明说出来啊！”

拉库亚和咲吵闹的时候，乙黑已经开始移动了。从周围的骚动来看，刚才她似乎做了什么引人注目的事情，但两人并没看到。乙黑走向北边的河岸，拉库亚和咲也追了上去。

“她是要去衿架桥吧？”

然而，乙黑最后却走到了一处人迹罕至的工厂旁的小路。她坐在某块荒废空地前的一张孤零零的长椅上，把脸埋进了抱着的膝盖里。

“看来她真是沮丧得很。”

“话也多，眼泪也不少，真是个静不下来的家伙。”

拉库亚话音未落，便察觉到了背后的气息。

那是牙齿的嘎吱声，以及血腥味。

“‘空文节’——景盆！”

他反射性地举起法杖吟唱道。这是用来困住卡雯的箱子——龇着银牙的卡雯此时正在里面对着突然出现的墙壁怒目而视。

“按计划行事！”

咲确认到卡雯的身影后，对拉库亚丢下一句话便一溜烟地飞走了。

拉库亚解除了自己的隐身状态，集中魔力。卡雯看到他出现，立刻战意高涨。她喘着粗气，赤红的双眼狠狠盯着拉库亚。

“什么啊，原来你在啊。是隐身了吗？上次被活埋，你可惹恼我了。”

“彼此彼此，我右手的伤也痛得很呢。”

“打个商量，你就让我吸了那丫头的骨头吧。我是真的很钟爱女人的骨头，你把她的骨头给我，我就不找你麻烦了，别碍我的事。”

卡雯语速很快，言辞中充满了迫不及待地想要吸食乙黑骨头的欲望。拉库亚瞟了瞟她，又看向了乙黑。乙黑依然低着头，并未注意到这边。

“我不会让你吃她的。”

“这跟你无关吧？魔法使。我不过是久违地想吸一吸魔力充沛的女人骨头而已。我吃了她之后就会乖乖从你面前消失，你不用管我。”

“拉库亚，可以了！桥底下没人！”

随着咲的信号发出，拉库亚抓住了卡雯的手臂。

“‘空文节’——换交！”

位置交换的咒语发动了。通常情况下，这个咒语只能在视野范围内才能发动——但如果对方是自己支配的灵魂，则即便在视野范围外，也可以与之移形换位。只见拉库亚和卡雯两人一起与咲交换了位置。

拉库亚和咲事先约定，如果卡雯前来袭击乙黑，那么咲就移动到没有人的地方，通过位置交换来将乙黑和卡雯分开。这样一来，就比一边保护乙黑一边作战要轻松多了。

正如咲所说，桥下的河滩空无一人。太阳此时已彻底沉下地平线，再加上大桥的遮挡，这里基本可以说是漆黑一片。拉库亚将魔力集中到眼部，增强夜视能力，俯视着卡雯。

“我不会让你吃掉乙黑的。”

卡雯难以置信地抬头看向拉库亚。虽然她不明白自己为什么会突然出现在这个地方，却理解了拉库亚真心想要保护乙黑的决心。她歪了歪脑袋。

“你为何那么在意那个普通人类？难道是禁忌的跨种族恋爱吗？”

“我对她并没有什么特别的想法。不仅仅是乙黑，从今以后你不准再吃任何人，也不准杀人。这要成为你的首要原则。”

“……我说，你没事吧？你明明杀了我那么多同胞，还肆意玩弄他们。这里的人类，跟你也没有任何关系吧？”

“就算用几百个文节跟你解释，想必你也不会理解的。”拉库亚举起了法杖。

“这是最后的警告。如果你折断牙齿，放弃吸食人类种的骨头，我就饶你一命。”

“真是道貌岸然。吸骨鬼族不吸骨头还能靠什么活下去？”

这种交涉显然不可能有结果，果然两人很快就谈崩了。先发起吟唱的是卡雯。

“‘火文节’——球火！”

一道烈焰的炫目光芒在被黑暗笼罩的空间中炸开。在听到咒语的一瞬间，拉库亚用手臂挡住了眼睛。

“‘空文节’——景盆！”

“这一招我已经看厌了！”

拉库亚用透明的箱子抵挡住了火球，然而卡雯却似乎看穿了“景盆”效果结束的时间，朝他猛扑过来。事实上，卡雯扑过来的时机恰好就是“景盆”失效的那一瞬。

拉库亚对准跳过来的卡雯一镰刀挥了过去，然而她似乎早有准备，在空中流畅地开始吟唱。呼啸的风声响起。

“‘风文节’——间瞬！”

在“魔界”的战场上，卡雯就曾凭借这个咒语出现在了魔法使族的战阵内部。大镰刀的招式幅度太大，容易露出破绽。拉库亚刀势用尽，身体左侧空门大开。卡雯趁势瞬移过去，利爪朝着拉库亚的侧腹部狠狠一剐。与此同时，拉库亚也完成了吟唱。

“‘空文节’——层断！”

进攻时露出破绽的还有卡雯。拉库亚故意卖了个破绽，反而创造出了用魔法一击制敌的机会。卡雯听到咒语后竭力扭转身体，可还是被空间裂缝逮到。她的左臂被断层穿过，干净利落地被斩断了，露出了整齐的切断面。她发出了痛苦的惨叫。

“层断”虽是“空文节”中最具杀伤力的招式之一，但命中精度低下和出招后的迟缓等缺陷也不容忽视。施放下一个咒语之前还需要一定时间来恢复，但拉库亚不能错过这个绝佳的时机。

拉库亚向发出凄厉叫声的卡雯挥出大镰刀，将卡雯整个笼罩在刀锋的范围内。他双手施力握住镰刀，猛地向后一拉，试图用镰刀最原始的用法收割掉卡雯的一条大腿。

“开什么玩笑！”

卡雯怒吼一声，用本应被切断的左手挡住了拉库亚往回拉的镰刀刀刃。从她左腕中喷出的血液凝固成了一道血红的刀刃。这是吸骨鬼的特性——可以将任何一部分身体组织硬化成骨骼的强度。

卡雯借助左手挡住镰刀的势头又扑了上去，刀刃笔直地对准了失去平衡的拉库亚。拉库亚扭身躲了过去——然而在擦身而过的一瞬间，血刃变形了——刀刃上又叠加了一层新的血刃，变得更宽了。

多出的一截刀刃毫不留情地划开了拉库亚的侧腹，鲜血猛烈地喷涌而出——这是足以致命的伤势。

“‘风文节’——风狂！”

趁着拉库亚身体一僵的瞬间，卡雯又大喊出一句咒语。风之拳狠狠击中了拉库亚的腹部，将他直接掀飞。只见拉库亚转眼间就被吹过了河，落到了对岸。

拉库亚倒在对岸的草丛中，动弹不得，就连念出止血咒语都无法做到。

——我就要被卡雯吸食而死了吗？

战斗意识逐渐从拉库亚的身体里消退，唯有恶心和疼痛在压迫着他的感官。此刻光是站起来都已经是一件极为艰难的事情。

他开始觉得，死就死了吧，也无所谓了。归根结底，当被流放到这个世界的时候，他就已经跟死了没什么两样了不是吗？即便在这里活下去，也毫无未来可言。死了也不过是回归天际。

尝过了活着的滋味，却从未死过一次。

或许死一死也不是什么坏事。

“拉库亚——你的血！糟了，快醒醒！快用那什么，治疗咒语！”

就在意识快要消散的时刻，拉库亚听到了一声尖叫，似乎是咲回来了。

他突然又想到，如果自己死了，咲会怎么样呢？他过去从未死过，所以也不知道实际会发生什么，但八成她应该会回到原来的地方去吧。如今拉库亚是凭借着自己的魔力，才强行把原本应该待在天上的灵魂拉到了身边。如果拉库亚死后，魔力消失了，那束缚着咲的事物也将不复存在。

拉库亚听到了尖啸的风声，大概是卡雯又靠着“间瞬”瞬移到了这边的河岸。令人作呕的血腥味和唾液的臭味忽然出现在了周围。

“我擅自把你召唤出来，结果还没弄清楚身份就要被迫把你送回去，真是很失礼。”

“嗯？你在嘟囔些什么啊？不管了，我开动了！”

拉库亚睁开眼睛，只见卡雯露出尖牙的血盆大嘴已经近在眼前。她的嘴角大张，几乎一直咧到了耳根，就在即将咬住拉库亚脑袋的一瞬间，拉库亚偏开了脑袋，将右手伸进了卡雯的嘴里。

拉库亚难以自制地发出了惨叫声。虽然避免了头骨被吸食的命运，但他清晰地感受到了自己从手掌到上臂的骨骼整个被吸走的过程。首先消失的是被牙咬住的尺骨和桡骨，随后骨骼消失的感觉朝手掌蔓延过去，从腕骨、掌骨一直到指骨。随着自己手臂的骨头接二连三地消失，一种直击本能的恐惧感支配了他的全身。

即便如此，拉库亚还是抓住了那根蜘蛛丝——活下去的方法。

“我的骨头，滋味如何？”

卡雯啃着自己手臂的犬齿此刻正暴露在外，拉库亚尽可能地忽略掉疼痛与恐惧，冷静地对准这个目标，一口咬了上去。在进行史上最最糟糕的接吻的同时，他一字一句地吟唱道：“‘空文节’——换交！”

拉库亚将这个原本只能以整个人为单位来交换位置的咒语，以部位为单位而发动了。这只有在要交换的部位彼此接触的情况下才有可能发动，可谓极为严苛的条件。然而，现在拉库亚的牙齿已经碰到了卡雯的尖牙，并在不断注入魔力。

卡雯的尖牙消失了，取而代之的是拉库亚的牙齿——她的牙床上长着魔法使族的牙齿。

“你，该不会……”

卡雯看向拉库亚，眼中的神色已经超出了惊讶，透出了满满的畏惧。拉库亚的嘴中，沾满鲜血的银牙正闪闪发光。卡雯看到他那张扭曲万分的脸，倒吸了一口凉气。

“吸骨鬼的吸骨能力应该来自这尖牙吧？你已经吸不了骨了。既然你不会再吸骨，那我杀你的理由也没了。”

“……这怎么可能？！”

卡雯“砰”的一声倒在了草地上，任何人都能看得出，她此时已经彻底泄了劲。

“一般来说，有必要做到这种地步吗？”

拉库亚失去骨骼的右臂不断传来绞肉似的剧痛，如电流一般传遍全身。腹部的血也没有止住，他的视野逐渐模糊起来。他用大镰刀代替拐杖站了起来。

卡雯重重地发出了一声叹息。

“杀了我吧。”

“……你要是不吸骨，就没有活下去的价值了吗？”

拉库亚发自内心地问道。

卡雯笑了。

“骨头的滋味，就算用几百个文节跟你解释，想必你也不会理解的。”

“是吗？”

拉库亚将镰刀的刀刃抵住卡雯的脖颈，注入魔力迅速一拉。随着卡雯的毙命，她的身体融化成鲜红的血液，四散飞溅，就连飞溅出的血液也在不断化为粒子就此消散。这就是吸骨鬼的末路——毫无声息的落幕。

拉库亚随即也倒在了地上。他先用止血咒语止住了腹部的伤口出血，接着为了不被路人看见而把事情闹大，他又重新发动了隐身咒语。魔力虽然还残留不少，但他的体力已经所剩无几。

“你、你没事吧？”

咲似乎是不知要如何开口，过了一会儿才问道。身为被支配对象的咲，是可以看到拉库亚的身姿的。

拉库亚缓缓点了点头。

“乙黑已经不会有事了，不过，卡雯还是死了。”

拉库亚意识到，自己竟对卡雯的死都感到了些许悲伤。

“那你呢？你的伤……还有那对尖牙，没问题吗？”

那是异族身体的一部分，而且还是吸骨鬼特有的“牙”。获得这样的部位，无疑对魔法使族的身体有百害而无一利。

即便如此，自己还是保护住了原本会惨遭吸食的人类，拉库亚从这件事中获得了某种满足。

拉库亚觉得自己搞不好会死在今天，自然而然地说起了最后的话语。

“到头来，还是没能让你恢复记忆，抱歉啊。”

咲一边流着半透明的泪水一边说道：

“什么啊，我想听的可不是这个。快去医院——”

“我先睡一会儿。”

拉库亚闭上了眼睛。他心想，自己或许这辈子都不会再睁开眼了。

不知睡了多久后，刺鼻的烟花气味和烟花的声音惊醒了拉库亚。他只用左手撑起了上半身。看到自己失去骨骼瘫软扭曲的右臂，他才意识到自己还活着。睡醒之后，他感到自己的意识反而更加清晰了。

“啊，你醒了！我说，好像不太妙啊，有个家伙在疯狂地放烟花。”

咲的声音几近哽咽，应该说是一边哭着一边断断续续地说出了这番话。

拉库亚朝她所指的方向看去，只见河堤的土坡下，大量烟花在草坪上跃动，还能看到一座神秘的细长尖塔矗立在那里。直到刚才，那里都还空无一物。

他的视野中出现了两张熟悉的脸和一张陌生的脸。夏目樱花吊在尖塔上，阿南乱麻正和一个未见过的青年飞速冲向天空。那名红发青年一闪而过的脸上，带着一副视死如归的神情。

拉库亚将魔力集中到眼部，朝天空仰望。在一朵云也没有的漆黑夜空中，两个男人与连着他们的几个褐色球体正在节节攀升。

拉库亚不由得用左手握紧了法杖。由于无法完全支撑起镰刀的重量，他收起了刀锋，将其作为普通的法杖指向天空。

"'空文节'——景盆！"

虽然不清楚是什么情况，但无论对谁而言，都没有比生死更重要的事情。两个透明的箱子凭空出现，分别护住了两个人。

紧接着，空中绽放出了巨大的烟花。这就是咲脑海中的常识之一，属于夏季的风物诗。真美啊！拉库亚心想着，意识再度消散。他扔出法杖，又一次陷入了沉眠。

* * *

紧闭双眼的拉库亚身边，咲一直在等待。她只能看着召唤出自己的魔法使勉强维持着生命。失去骨骼的右臂、侧腹的割伤，以及无数的擦伤和烧伤的痕迹，都诉说着战斗的惨烈。

拉库亚似乎已经使用了隐身咒语。咲原本以为在如此寒冷的冬夜里，应该没有什么人会喜欢来河边散步，但偶尔还是会有跑步的男人或骑着自行车疾驰而去的学生情侣们路过。他们闻到火药和烟雾的味道，都蹙着眉头迅速离开了。

咲什么都做不到，只能默默守护着拉库亚。她甚至无法触碰到对方，就只能这么久久地伫立在将自己唤回现世的魔法使身边。

从拉库亚躺着的地方朝桥边走五步左右，有一处石板台阶。一对十来岁的男女走了过来，坐在台阶上聊着天。虽然内容听不太清，但估计是在分享一起度过平安夜的喜悦吧。他们应该不会注意到这边，咲也没有特别留意他们，只是默默地继续守护着拉库亚。

然而过了一会儿，只见男孩突然站起身，咲还以为他是要拉女伴站起来，没承想他却轻轻地把对方推倒在河堤上。咲满怀好奇地飘了过去，只见男孩捡起了拉库亚的法杖，放在了自己和女孩之间。

“你希望留到决赛的段子是那个吧？不是道歉，不是推理小说，也不是时空警察。”

“啊？你突然在说什么？”

咲慌忙去叫醒拉库亚。

“拉库亚，有年轻人拿着你的法杖——”

然而咲的话还没说完，就仿佛被冻结在了空中似的僵在了原处，直勾勾地盯着躺在拉库亚法杖两侧的那对男女。

“正前方在那边。”

男孩伸出右手指向天空。

“表演漫才时，只要剧本里没有写就别看我这边。”

“你——”

“来吧。你母亲大概正在这附近看着呢。比起M-1，她更想看到的是你呀。我们就在这里表演，这是‘尼姬奖杯’的解散演出。”

女孩深吸了一口气，从未试过的短发发型很适合她。

“第一次路演的时候，观众也是只有一个人呢。”

“是啊。现在我们的受众范围可比那时候大多了。”

“明明只有一个人也能算受‘众’啊？”

男孩轻轻推了推女孩的肩膀。

“全力以赴吧。无论观众在哪里，都要用腹腔发出足够大的声音让对方听见。”

纯正的关西腔震动着咲的鼓膜。一直以来模糊的记忆，此刻鲜明地浮现在了脑海中，清晰到让她难以相信自己曾经忘记过。

她想起了自己生前的口音。

“叶由，你长大了呀。”

咲——浅黄依花浮在空中，盘起了双腿。这是她在电视上看漫才的常用姿势。虽然没有麒麟啤酒，但也别奢求太多了。她的外貌也从年轻女性变成了四十多岁的模样——正确地反映了生前的相貌。

“难道说，你去参加了 M-1 大赛，还获得了好成绩？今天这个时候……莫非是一直拼到了决赛或败者复活赛？那你可真是厉害呀！”

她的思绪如潮水般涌出，又被那充满力量的声音深深震撼。

“大家好，我们是‘尼姬奖杯’！”

“我是土桥，这位是浅黄。我们都是高三学生，是同班同学的组合。”

“没错，要是有大人问我们是不是正在交往，我就把他们全都揍扁！”

“别说这种吓人的话。所谓大人，就是那种只要看到年轻男女在一起，便会把他们当作情侣来对待的生物啦，你就大度点嘛。”

伴随着充满力量的发声，面向天空的漫才开始了。

“我呀，很担心自己能不能带好孩子。”

“这有啥好担心的呀？”

“假如说，你的孩子在你面前耍宝，你会说什么？”

叶由在胸前做了一个抛接透明球的动作，夸张得恰到好处，滑稽有趣。

“请欣赏奶子杂技。”

这是叶由第一次向依花表演的耍宝桥段，仅凭这一段，就足以让依花明白这个台本是写给谁看的。

“哎，一般会笑出来的吧？”

紧接着，漫才进入了两人扮演母子的情景短剧部分。经过精心构思和反复打磨的漫才表演，朝着空中尽情绽放。依花在夜空中的观众席上观看着女儿的漫才表演，同时一遍又一遍地擦拭着泪水，避免糊住视线。

“感谢大家的观看！”

土桥和叶由齐声谢场。

“……‘叶由将来说不定能成为日本最搞笑的艺人呢’……啊，我或许说了句不得了的预言。我真是个天才！”

依花想着这些，就像是在跟叶由说话。

拉库亚似乎接收到了她的思想，用透明的嘴巴梦呓似的喃喃说道：

“叶由……将来……能成为日本最搞笑的艺人。”

一瞬后，叶由突然大叫一声，惊得拉库亚骤然坐起。

看着他那张滑稽的脸，依花不住地大笑，洒出了幽灵的眼泪。

第五章

恋爱小说

恋与病

做出决断就像下雪。

积雪并不可怕，但只要超过某个临界值，便会瞬间压塌屋顶，引起雪崩。

他下决心与我分手，也并不是此刻突然发生的雪崩，而是在我们交往的三年十一个月零四天里，他对我的厌恶和幻灭不断积攒起来，此刻终于突破了临界点的表现。

“积攒得也太慢了吧，傻瓜。”

喃喃自语说出口的瞬间便化作徒劳，宛如零距离的回旋镖，谁也没伤到，只扎中了我自己。

我完全没想到，自己刚刚经受上个月年满三十岁的绝望，却还要遭受远在其之上的打击。二十六岁到三十岁之间的三年十一个月零四天，倘若仅仅是为了成为回忆而存在，那实在是太过沉重了。

“沉重的并不是时间，而是我自己吗？”我不由得自嘲道。

他——北渡濑向我坦白的分手理由很明确。

“太沉重了。

“我无法完全支撑起奈实。

“还有你的病，即便过了四年我依然无法理解。

“对不起，希望你能忘了我。”

“即便你不说，我也会忘记的。”这句反击的话不光适得其反地深深刺痛了我自己的灵魂，还轻而易举地断送了潜在的一丝的复合的可能性。话刚说出口，我内心的客观性就低声告诉我“你这样会被别人说太阴沉的哦”。

然而我的人生只由我的主观说了算。

第一次见面时，我们还因为乙黑和北渡濑这两个罕见的姓氏而笑成一团。我一直以为，北渡濑终有一天也会成为我的姓氏。北渡濑奈实，这名字听上去还不赖，我已经开始准备接受它了。然而，我心中的准备将永远止步于准备，无法成为现实。

思绪越清晰，哭得也就越难看，正好纸巾也用完了，我便用厨房纸擦了擦眼泪、鼻涕和口水。我哭得无比激烈，哭到鼻涕从眼睛和嘴巴里流出来，口水则从鼻子里流出来。

与北渡濑分手后的一周时间，我每天都以泪洗面。但在一周零一天后，我积攒的表现欲望终于让我做出了决定——我要去参加久违的歌会。自古以来，失恋都是通过歌声来升华的。我要去创造有意义的话语，去创造有人倾听的话语。

*

所谓歌会，其实指的是短歌[1]的聚会。大家根据事先公布的主题来创作并发表短歌，聚在一起互相交流感想和批评。这是

---

[1] 短歌：日本一种传统诗歌形式，由五段共三十一个音节构成，每一句的音节数分别为五、七、五、七、七。

我为数不多的几个爱好之一。

对于看不习惯戏剧、电影、漫画和动画的我而言，最容易上手的娱乐就是音乐和文学了。其中尤以短歌深得我心，三十一个音节组成的一串文字就能深深打动我的心灵。我觉得三十一个音节之外留给人的遐想空间，足以容纳我满是遐想的思绪，而基于想象的创作过程也让我很是享受。

切缟歌会，顾名思义，就是在切缟市举办的歌会，参与成员和举办日期都不确定。但我喜欢歌会主办者垂水莉莉的短歌断句和点评，也喜欢她的发型，所以偶尔会去参加。

今天是第五十八届歌会，来的人似乎并不多，只借用了市民中心二楼最小的一间会议室当作场地。

此次的主题是一首不限主题的短歌和一首咏“冬”的短歌，一共两首，而我已经兴致勃勃地创作了十首短歌（当然，我只提交了两首）。

我来到会议室时，正好和垂水撞见，便向她打招呼。垂水恐怕是这座城市里唯一一个留着脏辫的人，我一眼就看到了她。

“小奈实也来了呀，真是好久不见！我太高兴了！你的头发还是老样子，卷得那么漂亮。”

垂水的口音很可爱，掺杂着她老家博多的方言，跟她说话总有一种心里痒痒的舒适感。

“真是好久不见。今天人好像不多，有我认识的人吗？”

“有池龟、栗原、耳野，你应该都认识吧？还有个第一次参加的叫翼的家伙。这就是所有人了。翼的姓氏是冬木，是我带来的，人还挺不错哦。”

垂水的目光所指之处，有一个明显不在我的发型数据库里的人物。

他一头黑发冲天而立，像刺猬一样刺向四周。他的眼神中闪烁着斗志，就像一名即将奔赴战场的战士，与摆着折叠椅和长条桌的会议室明显不搭。虽然其他人都还没来，但池龟先生的秃头所散发出的柔和气息、栗原阿姨一直随身携带的炫彩包包，还有耳野弟弟戴着的红框眼镜都很符合这间会议室的气质，然而冬木却与这里格格不入。

我坐在围成圈的长桌旁最近的位置上，冬木则坐在靠里的位置，刚好在我的正对面。虽然他看上去很冷酷，让人不想与之扯上关系，但我觉得姑且还是在其他人到场之前跟他打声招呼吧。

“初次见面，我叫乙黑。”

“我叫冬木翼，这是第一次参加，有些紧张，但也万分期待。”

我感到一阵春风拂面，不禁吃了一惊。他的声音澄澈透明，仿佛没受到任何空气阻力，直接传到了我的耳中。这与他尖刺般的发型可谓泾渭分明。

“你也在写短歌吗？”

脱口而出的瞬间，我就意识到自己问得太笼统了。我请了一周的带薪假，宅在家里闭门不出，已经忘记了如何把握对话的距离感。

“我爱好文字来着。”

他清冷的声音和不讲究的回答听起来有些滑稽。我只回了一句“那挺好的，我也是”，便结束了对话，因为他已经低头看起了放在手边的歌稿。

我手边也有一张相同的歌稿，上面印着本次提交上来的所有短歌。由于没有署名，所以不知道分别是谁的作品。我逐一在心中默念出包括自己的两首在内的十二首短歌，将它们融入自己的身体。我不仅喜欢创作短歌，也喜欢解读它们的过程。

我尝试按照顺序解读这十二首短歌，三十一个文字及其话外之音进入我的脑海中，浮现出影像。我竭力避免去推测短歌的作者是谁。一个新的世界在我的脑内诞生，这是我只有在歌会上才会被撩动的心弦。

读着读着，我的目光突然在一首短歌上停滞不前。

目光所及处，世间万物皆倒转，病已入膏肓。严冬腊月绽烟花，炎炎夏日彻骨寒。

这是纸上的第六首短歌。虽然“病”这个字总是能轻易吸引我的目光，引发我的共鸣，但即便撇开这个不谈，我依然很确定这就是本次的十二首短歌中我最喜爱的一首。冬与夏之间自然是对比关系，特意将冬天这个季节关联上属于夏日的烟花要素，这也不是什么难得一见的表现手法。

然而，与直冲云霄装点夏日，华丽绚烂而又带着一丝温情，极具抒情性的“绽烟花”相对的，是在地面上寂寥而落寞的“彻骨寒”。这两个词语形成鲜明的对比，给我留下了深刻的印象。正是因为如此，我才无法割舍歌会。

如果眼中所见的事物全部倒转，那会怎么样呢？白昼陷入黑暗，夜晚光芒万丈，幼童一夜白头，老者重返儿时，部下斥责上司，女儿诞下母亲，声音快过光线，花朵绽放于天，雨滴倒悬而上。世界变得颠倒错乱，我的不幸也会变成幸福……这首短歌带给我无尽的遐想，我真是超级、超级喜欢它。

本次歌会规定每人要选出两首短歌，从十二首中挑出两首最喜欢的进行投票。

我已经确定了一首，却烦恼不知另一首该选谁。虽然已经将范围缩小到了两首，可实在是难以做出最后的抉择。

老师执教尺，轻点着黑板世界史，布置课题纸。战争究竟如何止？字数限制两千字。

低碳新时髦，过年不往外面跑，借口正正好。绝非独身无处去，字典都说要环保。

这两首都没有冬的意象，所以是自由发挥的主题。我猜测其中一首可能是刚刚的“彻骨寒”的作者创作的，但很快又打消了这个念头，还是把注意力集中在短歌本身吧。

我边读边思考，在之后的评鉴环节应该如何表达我对这两首短歌的感想。

“世界史”这首短歌，有意识地在每句的最后一个字押了“尺”的韵，但最后一句“制”字的位置却不对，有些别扭。另外第二句“轻点着黑板世界史”的字数也不对，但如果按照“弱起”的节拍去念的话，则感觉还挺朗朗上口的。从这个意义上来看的话，“尺”这个韵的错落有致倒是别有风味。

除了音律的游戏之外，这首短歌的结构也很巧妙。从“老师”“世界史”“课题”等表现学校生活的词语一下子跳到“战争”这个非日常的意象，接着又回到了“两千字”这个试题作文上的固定表达。说得是啊，研究世界史的课题不就是为了找到消除战争的方法吗？平日里对世界和平漠不关心的我也开始浮想联翩。

至于“低碳”这首短歌，我个人觉得共鸣的程度略微低一些。毕竟现在才刚到十一月，这个时机提到过年，记忆已经相当模糊了。不过我每年回家后都懒洋洋地不想动，总是会有一些罪恶感，而用“字典都说要环保”的拟人修辞手法来表现这种为怠惰冠以“低碳”旗号的行为，就显得十分可爱了，我很喜欢这一句。

经过一番斟酌，我还是觉得自己对“世界史”这首短歌的感想更为明晰，便决定以它作为评鉴对象。我将选出的两首短歌提交给垂水，等待歌会正式开始。

*

“你咏的歌真是太棒了！”

我叫住了正打算回去的冬木，向他搭起了话。我已经被这位刺猬头歌人深深吸引住了。

“啊，你是两张票都投给了我的作品吧？谢谢你。你的点评也很到位呀。”

冬木用他那双大眼睛看过来，我稍微有些惊讶。站在他身边，我才发现他（算上刺猬头）比我高出了二十五厘米以上，还蛮有威严感的。这与他优美的嗓音形成了鲜明对比，让我心乱如麻。

“哪里，其实我也是个门外汉，只会说一些似是而非的话……不过，我今天确实很流利地说出了自己的感想。我觉得你写得真是太好了，我猜这是我迄今为止读到的最棒的作品。”

毫无疑问，他的短歌是今天当之无愧的第一名。但我有些不太敢夸他夸得太过火，所以还加上了“我猜”这种卖萌的修饰词。

然而，冬木却是十分坦率。

“我太高兴了。这是我第一次参加歌会，本来还很紧张，担心会被狠狠批评一番。”

“切缟歌会的规矩是禁止过度批评。话虽如此，今天也没有谁来批评你的短歌嘛，就算有，我也会第一个站出来反对的。”

“方便的话，待会儿要不要一起吃个饭？”

冬木歪着脑袋，似乎有一点不好意思。

“我也很喜欢你的短歌，我们再多聊聊吧。”

我的心脏怦怦作响，宣告着内心的动摇。

我故作平静，用淡然的语气回答道：“我也正有此意。一起去吃午餐吧。”

我点了金枪鱼和鸡蛋的热三明治。这种食物吃起来很方便，不会影响到对话，我认为是绝佳的选择。虽然容易粘在嘴巴上这一点有些麻烦，但总比汉堡要好多了。

冬木比我小两岁，是一名公司职员，爱好是音乐和短歌。

“冬木先生是选了‘低碳’那首吧？我一开始就选定了‘彻骨寒’，但在‘世界史’和‘低碳’之间犹豫了很久。”

“真的吗？我们的兴致真是完全一致。”

“你喜欢什么音乐？这样问就会变成相互试探的局面。先不用管对方有没有听说过，直接讲讲看吧。”

“我最近超级沉迷 Daichi Yamamoto 的歌。”

“等等，我也是他的粉丝！我还特意跑到东京去看过他的演唱会。除此之外，你还有什么喜欢的吗？”

“我还喜欢木下龙也的短歌。他的作品立意分明，却依然留出了解读空间，没有逃避的感觉，这一点很不错。”

“我也喜欢他的作品！你看了最近播的《情热大陆》吗？我录下来了。”

“我很喜欢四字熟语，所以总是随身带着词典。明明三字和五字熟语也很多，但唯有四字熟语的地位尤为特别，我就喜欢这点。”

“真有意思。我还从没想过这个问题，不过确实四字熟语的地位会更高一些。”

“说起来，你是出于什么契机喜欢上短歌，或者说诗歌的呢？”

“我读过四元康祐[1]的《语言杰克》这本书，里面玩了超多文字游戏，读得我自己心里也痒痒的，正好那时又收到了垂水的邀请。”

“是吗？能不能借给我看看？”

“好啊，下次我带过来。”

我们的聊天顺畅无比，自己抛出来的专有名词也都能让对方自然地理解和接受，这让我感到非常舒适。最后我们顺理成章地约好了“下次”，似乎也昭示着我和冬木的良好相性。

“像我这样的人吃热三明治，是不是有些滑稽？”

“一点也不滑稽啊，而且我希望你能把自己的发型贯彻下去，千万不要变。”

虽然听起来有些不正经，不过我觉得这并没有什么，说不定只是普通的思维方式而已。在这一刻，我已经开始想到之后好几步的发展，并对此充满了期待。换句话说，如果感觉一直还不错的话，我很乐意跟他发展成恋人关系。倘若如此，那我要不要告诉他我生病的事情就值得商榷了。我不想重蹈北渡濑的覆辙，我希望我能和冬木走上一条新的道路。

“你的发型很适合你，而且很新锐啊。”

“那我就继续保持了。虽说莉莉总是要我去剪头发。”

他直呼了垂水的名字，让我高涨的情绪一下子呕了血，就像是撕下肉刺的那种讨厌的痛感。

“这么说，今天的歌会也是垂水介绍你来的呢。”

---

[1] 四元康祐：日本诗人、作家。

“是啊，我刚搬到这座城市，除了工作之外没有任何社交圈，所以向她抱怨了几句，她就邀请我来了。”

他们未免有些太亲密了，不过垂水的举动我向来捉摸不透。我从未听她说过自己有男朋友。我应该试探一下吗？还是不要打草惊蛇为妙？

我犹豫着，一时间沉默了下来。要是再这样下去的话就要冷场了，我一想到这，便鼓起勇气开了口。

“你跟垂水是怎么认识的？”

“也不算是认识吧，我们是表亲。我最近刚好工作调动到切缟市，发现跟她住得很近，就一起出去吃了个饭。”

我的内心正暗自欢呼雀跃，嘴上却又说了没意思的话：“哦，那你俩的新锐发型也是家传的吗？”

“你不觉得我们长得很像吗？每次家族聚会的时候都会被别人这样说。”

“我是看不太出来。”

由于座次的关系，我没法同时看到垂水和冬木两人。

“下次给你看看我们小时候的照片吧，我们从小就长得很像。”

他又提到了“下次”，这个暗示我们将来还有机会见面的词语让我十分高兴，但同时又缺乏具体内容，显得有些暧昧。

“下周我们一起去吃饭吧，听说河边新开了一家很好吃的寿喜烧店。”

不知不觉中，我已主动发出了邀请。

*

“你可是侦探，就不能帮我稍微调查一下他吗？”

“背景调查起步价三百万日元，友情折扣可以算你二百五十万。”

“又来了，你这暴发户铁公鸡！”

“没办法呀，我可是高级侦探。”

千织哈哈大笑。她是我高中时期的朋友，现在是一名收入比我高十倍以上的侦探。

在青影侦探事务所的简陋办公室里，我正和几个月没见的千织聊天。

“不过，跟北渡濑分手后马上就遇到了新的白马王子，真是太棒了。能够让人忘却失恋痛苦的唯有下一段恋情。就别管什么背景调查了，赶紧追到手吧。”

“进展得太过顺利，我都有点怕了。我们已经约会了三次，每次都完全戳中了我的点。这种时候一般都有诈吧？搞不好是什么杀猪盘。虽说我也没什么钱能被骗的，但我就是那种很容易就会中招的类型嘛。”

“相信自己的魅力和运气吧。”

千织笑了笑，这就是有钱人的游刃有余啊。

“我说千织啊，你赚了那么多钱都拿去干啥了？我看你又没买车，衣服也有一半是优衣库，连房子都是租的。难道说，你都一股脑存起来了吗？”

“哎呀，花钱的地方可多了。还要做慈善事业，而且大头都用在这上面了。”

千织晃了晃右手，只见她的食指上戴着一枚形态奇特的戒指。即便是放在一身黑灰色打扮、头发特意染成黑杰克那样黑白分明的颜色的千织身上，这枚戒指依然显得格外显眼。

“有那么贵吗？”

“嗯，按照合同，还要继续支付五年左右。不过没关系，拜它所赐，我作为侦探也能赚不少，它也帮了我很多。而且我还能顺便资助未来可期的年轻人。”

“你对戒指本来也没什么兴趣吧？还真舍得买。”

“也不能算买吧，是我从一个长相帅得可恶的大叔那里拿到的，应该说是我主动要求付钱的吧……嗯，如果能用侦探技术来报恩的话，我也会感到很满足。现在，这座城市最可爱的女孩子就是收款人。”

她的话总是让人摸不着头脑。说起来，这家伙是从什么时候开始踏上侦探这条非同寻常的道路的？

“高中的时候，也完全没见你对侦探这一行有什么憧憬啊。”

“谁也不知道会在哪里遇到命运的转折点嘛。冬木这个人，或许就是你的命运邂逅呢，这不是很美妙吗？通过短歌而结识的恋情。”

“也是，确实很梦幻。”

说到这里，我意识到我们其实并没有正式交往。我原以为按照常理第三次约会就应该告白了，但昨天我们吃完饭后什么也没发生，就直接在车站道别了。甚至说不好，他只把我当成了一个普通的短歌同好。

“那你主动告白不就好了？”

“别读我的心啊……不过，你说得对。要不由我主动吧。”

刚放出这种话，我就在回去的路上接到了冬木的语音电话。

“你来一下衿架桥吧。”他顿了顿，吸了一口气，“我要表白。”

“哇哦！”

即便已经年满三十岁，我还是感到心跳加速，脸上燥热无比。虽说隔着电话，他看不到我脸上的潮红，听不到我的心跳，但要是声音藏不住的话那肯定还是会暴露。不过就算暴露了也没什么，平淡回应的话给对方的印象也不好……我左思右想，还是决定大胆回应。

“其实我也有点想被表白了。”

话刚说出口，我就感到自己浑身都快沸腾了。天哪，我竟说出了如此羞人的话！不过这样也好，我立刻向衿架桥赶去。

横跨三边川的桥有好几座，其中最大的一座就是衿架桥了。它没有车道，只能供行人和自行车同行，但规模很大。然而这座桥的通行量却比不上下游的另一座桥，只因它太高，需要爬一段很陡的楼梯，使用起来很不方便。

不过，从桥上俯瞰三边川景色却让人感到治愈。从桥上正好能看到河流分岔的地方，景色怡人。更重要的是，这些事情我在第一次跟冬木吃寿喜烧的时候就对他说过。

我气喘吁吁地爬完楼梯，看到桥中间有一个人影——是刺猬一样的海胆头。我战战兢兢地走过去，站在他身边。

“其实，我昨天就想说了，但没有勇气开口。我不擅长这种事。”

“嗯。不过你还是鼓起了勇气，我很高兴。”

令人放松的寂静，衬托出潺潺的流水声。这不是尴尬的沉默，而是温柔的无言。

冬木开口说道：“你是过来听我表白的吗？”

“我想被表白，就来了。”

“那我就表白了哦。”

“嗯。”

“我喜欢你，请和我交往。”

直接回答就没意思了。寒冷干燥的初冬空气，即便在河面正上方也依然冰冷刺骨。我深吸了一口气。

“你这句话，就让我原封不动地还给你吧。”

于是我们定下了纪念日，并约好了下次见面的时机。二〇二二年十一月二十日就是我们的交往纪念日。我已经多久没有为三百六十五天中的一天赋予新的意义了？总之，我的新生活开始了。

我们正式交往后的第一次约会是去吟行，吟行指的是去某个地方创作短歌。虽说如此，但我们此行的主要目的并不是创作短歌，而是两个人一起在麻衣町散散步，要是来了兴致就来上一首，差不多是这样的心态。

我们在乃崎植物园欣赏了各种花草树木，观察了前来游玩的人们，之后在附近的咖啡馆吃了海鲜盖饭当午餐。安排好的计划便是这些，之后我们又漫无目的地到处闲逛，依次转了转鲤墨商店街的帽子店、亚洲饰品店和牛奶布丁店。

“翼，你一般会在什么时候创作短歌？”

我已经直接用名字来称呼他了。

“大多是像今天这样出门的时候吧。待在家里的话，创作主题来回就是那几个。还有，工作中和别人交谈时感到很恼火的时候。”

“我也是！负面情绪真的会成为创作的原动力。我上次在歌会上发表的那首，就是被前男友甩了之后才创作出来的……”

说到这里，我才意识到不妙，第一次约会的时候并不是聊起前男友的时机吧。但我又转念一想，能够毫无顾忌地聊天，不也是我们之间亲密关系的证明吗？

然而，翼却眯起他那双大眼睛，略带忧伤地说道：“听你讲前男友的话题，对我来说或许还为时尚早。”

“……抱歉。谢谢你告诉我这点。”

这下尴尬了。我一定要打破这个氛围才行，可偏偏一句话也说出不来。沉默的压力与时间成正比，时间越久就越难聊起话题。我可不想因为这种情况而弄得焦头烂额，明明只是一次愉快的散步而已。

我们默默地走着，我假装感受着微风，装出一副享受沉默的样子，却难掩心中的不安。明显的尴尬感朝我袭来，我感到身上到处都开始冒出讨厌的汗水。

也不知翼是否察觉到了我的焦躁，他突然停下脚步，说道："啊，那边在表演漫才。"

我顺着他的目光看去，果然有一对男女组合正在街头表演漫才，旁边还立着一个写有"漫才表演　尼姬奖杯"的瓦楞纸看板。看他们的样子像是十几岁的学生，观众则只有一个上班族打扮的男人，他正托着下巴认真观看表演。

我很喜欢漫才，特别是五分钟以内的段子，欣赏起来也没负担。不过我觉得应该没有托着下巴看漫才的说法吧。

等上班族离开后，翼上前搭话，我也跟在了他身后。

"你们是在表演漫才吗？"

听到我们的问话，那对正聊得火热的少年少女立刻转过身来。

"是的，我们正在为了 M-1 而积累经验。不介意的话，还请您留步观赏。"

"好啊好啊，是漫才路演吧？我其实很喜欢漫才的，奈实你喜欢搞笑的东西吗？"

话题突然被抛过来，我一时语塞。这显然是要往两个人一起看漫才发展。这对少年的段子到底有没有趣呢？……概率五五分，或许更低。不过，倘若这能成为我和翼的共同回忆的话……

“你们不是那种主要靠颜艺来表演的吧？”

他们似乎没能领悟到我的意图，愣了一下，随即摇了摇头。

“那我们就看看吧。”

于是，我和翼观看了这对“尼姬奖杯”组合的漫才表演。我笑得很开心，让我最初的担心都显得有些失礼了。他们一点也不像是业余组合，从开场白开始，声音都非常洪亮，肢体动作也非常大方。换作是我，在歌会上做出点评或被点评时，总是忍不住用笑声来掩饰尴尬，或者事先说一些防御性的言辞。我很害怕自己的作品被评判。

然而，他们却没有这种恐惧。两段表演结束后我问了问，听说他们参加了今年的 M-1 大奖赛，可是在第二轮因为忘词而被淘汰了。他们还说，明年一定要进入决赛，让我们拭目以待。

走的时候，翼将一千日元塞到了少年手里。其实我本也想给个五千日元左右的，毕竟他们用笑声化解了那段尴尬的沉默。

“真有意思。”

“真的很厉害，我很喜欢他们的逗哏，说不定可以拿来借鉴一下。”

“奈实，原来你讨厌颜艺啊。”

“讨厌啊……怎么说呢？”

我含糊其词。翼小跑着走到前面，然后突然回头。

“像这种呢？”

他的整张脸都扭曲成一团，我忍不住笑了。跟第一印象不同，翼其实意外地还挺滑稽的。

“喂，别突然这样子。周围的人会被吓到的。”

“我还以为你不喜欢这种夸张的搞笑方式呢。”

其实我并不讨厌，只是单纯地记不住那些用脸部表情来搞笑的噱头和段子而已。

我记不住别人的脸。

我的问题不像普通的脸盲那么简单，完全不是一个次元的。我并非无法将脸和名字对应起来，记忆力本身也并不差劲。我很擅长背诵，上的大学也是相当不错的名校。就连三届之前的歌会上选中的短歌，我都能将其背诵下来，甚至还能列举出职场上坐在旁边的大妈对我说过的一些讨厌的内容。

然而，我对人脸的记忆只能维持五分钟左右。

面对一个人的时候，我可以识别出对方的帅气、可爱、老气、眼妆浓淡、生气或和蔼，一对兄弟站在一起时也能看出他们长得很像。但只要我将视线移开五分钟，即便我能用文字描述出当时的印象，却再也不能回忆起对方的具体长相。

我已经不记得北渡濑的脸了，再过几分钟，恐怕我也会不记得“尼姬奖杯”组合那两人的脸。别说他们了，就连在街上跟自己的亲生父母擦肩而过，我都意识不到。如果对方跟我打招呼，我还能通过声音来辨别，但我无法主动跟别人打招呼。

所以说，像翼和垂水那样留一个特殊发型，对我来说真是帮了大忙。虽然我记不住他们的脸，但可以记住他们的发型和服装。

我曾一度以为自己患上了一种叫作“面孔失认症”的脑部疾病，无法辨别其他人的长相，还找过东京的脑外科医生看过这个病。然而，面孔失认症的症状跟我的情况有着明确的差异：得了该病的患者会把人的脸看成一片空白，就像是被米色颜料覆盖了一样，无法识别脸部特征；但我却能够辨认脸部，只是无法记住，或者说五分钟后就会忘掉这些记忆。我的脑海中仿佛有一个专擦人脸的橡皮擦，而历史上从未出现过类似病例。

正因如此，我完全无法享受电影或戏剧，漫画和动画中出现的角色也是如此。即便是颜艺，即便是此刻翼用来逗笑我的表情，我也会很快忘记。

我接受了各种检查，却始终无法查明这种现象究竟是疾病还是大脑功能的问题。有时我也会认真地想，这该不会是恶魔或其他超自然存在造成的吧？即便如此，我为了让自己能接受这个现实，还是将其称为一种“病”。

沉重的女人——虽然我无法回忆起北渡濑的脸，但他说过的话我还是记得的。他说自己无法接受我的病症，选择了离开。我并不打算向翼坦承这件事，虽然我估计总有一天会露馅——但至少不是现在。

“怎么了？看了那么有趣的漫才之后却是这副表情。”

我讨厌变得阴沉的自己，于是振作起精神，抬起了头。

“要是我有什么让你觉得讨厌或是沉重的地方，要跟我说哦。呃，这个话题本身或许就有些沉重了……还有，如果你有什么要求也要跟我说，例如你喜欢短发之类的。”

“倒也没什么讨厌的地方……呃，除了前男友的事情之外。我觉得你能将这些想法说出来是很好的事。我呢，是想问又不敢问，总是犹豫不决。”

“做出决断就像下雪，只要等待它慢慢积攒就好。”

“真不愧是歌人哪。”

“别取笑我了。”我笑着说，“那你就说一件希望我为你做的事情吧。我想更多地了解你，也希望你能毫不顾忌地向我提出要求。”

面对我的请求，翼沉默了一阵子。

“我喜欢博多腔。”随即他又慌忙补充道，“不是因为谁的缘故，只是回奶奶家的时候，会在当地的电视节目上看到，就觉得很可爱。所以，如果你能偶尔用博多腔对我说话，我可能会……有点心动。”

他用“可能会”来掩饰自己的害羞，这个请求实在是太可爱了。

“好啊。我会跟垂水多交流，练到本地人的程度。”

“本地人？要是真的实现了，那我可太感动了。”

“就是要让你感动。”

这句话之后，气氛又恢复了正常，我们继续进行着愉快的散步吟行。

逛完商店街之后，我提出了邀请：“接下来……要去我家吗？”

“可以吗？”

仿佛是觉得自己的反应实在太快，翼不好意思地笑着挠了挠头。

抱着以防万一的精神，我已经事先把房间收拾得一尘不染。没有多余的毛发，也没有垃圾，更没有北渡濑留下的任何痕迹。

我住在鲤墨商店街西面的住宅区，是一间一居室公寓，包括水费在内，月租七万日元。在这一带，七万租金已经算相当高了，房间很宽敞，楼也是新建的，有独立洗面台和我不太理解的地板下的收纳空间。当初我选中这间公寓，是根据我刚毕业入职大公司时的薪资水平和预期涨幅来考虑的。然而我现在已经辞职，成了一家小型印刷公司的合同员工，再负担这份租金就相当吃力了。这家公司不光节假日加班多，还有个难缠的摆谱大妈，偏偏薪水还少得可怜，简直让人恨得牙痒痒。

翼一进门，便夸我的房间干净整洁，是间不错的公寓。我请他坐沙发，自己则坐在了椅子上。昨天刚晒过的圆形地毯散发着阳光的余香。

我把两杯绿茶、从 KALDI[1]买来的不知哪个国家的巧克力、活页本和四色圆珠笔摆在了桌子上。

“你想好了吗？说实话，我还完全没有头绪。”

“姑且想了一首……总之，试着写写看吧。”

我们两人开始奋笔疾书，写完后互相展示了自己的作品，又对视了一眼。

“虽然我挺喜欢，但老实说，比歌会那首要敷衍多了吧？”

“说真的，你比我还敷衍吧？要我说，你其实能写出更好的作品吧？”

我们开怀大笑。只有在对短歌的评价和信任完全一致的情况下才会出现这种对话。

我实话实说道：“其实，现在并没有能创作短歌的条件。”

“我也觉得……要不，你过来这边？”

我无言地站起身，坐到了翼的身边。

“我觉得，短歌终究还是需要一些令人惊讶的元素。虽说它是一种省略的文学、留白的文学，但里面如果没有任何反转或文字游戏的话，那就只是普通的三十一或三十二个字罢了。”

“我懂的。我也喜欢那种自带反转或让人有新发现的短歌。”

“你的瞳孔，真的很茶色呢。”

话题突然一转，我被翼直勾勾地盯着，这是接吻前的表情——

[1] KALDI：日本一家连锁进口食品超市的品牌名。

无论和谁交往，和谁亲吻，我都会忘掉那张脸，所以我每次都会带着新鲜的心情闭上眼睛。翼的嘴唇温柔地压着我的嘴唇。触觉是不会忘掉的，翼的嘴唇虽然有些粗糙，却无比温柔。

*

随着季节更迭，我们也经历了许多第一次。我和翼一起度过了第一个新年、第一个情人节、第一个白色情人节、第一次赏花、第一次黄金周旅行、第一次他的生日。每一次场景的变换，都伴随着新发现。

翼非常害怕恐怖电影，完全看不了。恐怖电影不如说是我唯一能看的类型，因为即便不记得人脸，也不太会影响观影体验。

翼除了写短歌，还会写一些短诗。虽然他十分害羞，完全不给我看，但据说他家里有很多本创作笔记，都锁在了带钥匙的抽屉里。

翼吃不了青椒。他好像很讨厌青椒的苦味，以及明明质地偏硬吃起来很脆爽，却偏偏会渗出水分的口感。

翼经常为工作烦恼。他本希望从事设计或写作相关的工作，却因为求职时不够认真，最终在学长的介绍下进入了一家商业公司做管理工作。工作是轮班制，没有固定的周末休息日，所以他每个月都要配合我来调整休息时间。虽然他的同事们都很友善，但他似乎并不喜欢这份工作的内容。

翼会站着小便。我对此很是头疼，每次看到马桶圈掀起来，都会向他抱怨，但他过了整整两个月都没改过来，还找借口说：“我已经这样二十八年，都养成身体的习惯了。”我就强行反驳道：“你又不是从婴儿时期就开始站着尿尿的。”我原本还想着他或许真的改不了了，结果到了第三个月，我就看到马桶圈被老老实实地放下了，感动之余，对他大加赞赏。

翼放下头发的时候就会成为别人。每当他洗完澡准备睡觉，我都会因为看到房间里出现一个陌生人而惨叫一声，然后又忍不住爆笑。后来，我都尽量和他一起洗澡。

翼不擅长应付人群。他好像很讨厌在人群中钻来钻去，所以我们没去切缟市的夏日祭典，烟花也是在家里随便瞄了几眼。我自己也不太想去夏日祭典，因为有很大概率会遇到熟人，而喧嚣的环境也会让我难以听清打招呼的声音，到时候就完了。虽然我们没有在夏天一起挖刨冰、扣糖饼、吃黄油土豆，但这丝毫没有影响我们的幸福。

和翼在一起的时间里，我开始更多地创作一些只属于我们两个人的短歌，而不光是为了歌会。我从未想过自己竟能写出如此多的传情短歌。

当我成功做出了翼喜欢吃的土豆泥时，我写道：

土豆化作泥，软糯留香唇齿间，幸福似神仙。满心欢喜记纸上，热气腾腾一招鲜。

雨后初霁，散步途中发现一道彩虹时，我回想起在第一次歌会上翼咏出的“世间万物皆倒转”的世界，灵感一现，写道：

彩虹忽不见，阳光亦是半遮面，大雨倾盆现。似曾相识却不同，谁人按下倒放键？

为了记录下这些短歌，我还买了比较高档的笔记本和钢笔。

这可能是我第一次购买超过两千日元的文具。我不会把这些短歌给别人看，也不会拿去发表，而是为了分享，记录在属于我们两个人的笔记本上。

我和翼之间没有发生过大的争吵（拌嘴和争执倒是有几次，基本都是翼先妥协），两个人的生活和谐美好地交织在一起。然而，生活就是这样，一面是风平浪静，另一面却不见得依然顺风顺水。

十月份，我一直在考虑辞职的事。

一直以来，我的信条都是要一丝不苟地完成规定的工作。然而在这段时间，我却犯了好几次错误，其中最严重的一次是联系失误。

有一个订单要求把公司宣传册的加印部分发到分公司，而不是总公司，然而我却忘了通知发货部门，导致最终送错地址，没能赶上交货日期。后来我听说，客户原本是要在招聘会上散发那些宣传册的，结果错过了这次机会，还因此把我们的销售负责人蛯原[1]给狠狠骂了一顿。

我本想去蛯原那里道歉，没承想当天他刚好不在，另一名同事正坐在蛯原的位子上跟隔壁的派遣员工聊天。

换作是平时，我绝不会错过这种反常情况。因为那名同事穿着跟蛯原不同的西装，在我靠近时露出了惊讶的神情，而当我开口时，他的表情更是明显不对。然而，弄错送货地址的失误对我造成了深刻的影响，让我完全忽略了这些细节。我满脑子只想着必须要道歉才行。

[1] 蛯原：日本姓氏。

“蛯原，这次的事情都怪我粗心大意，真的很对不起你。”

“……我什么时候变成蛯原了？”

那名同事的玩笑话，让我顿时背脊发凉，冷汗从我的脸颊和腋窝上滑落。这个声音不对——他是人事部的伊介部长。

“呃，你该不会是认真的吧？嗯，我寻思我跟他长得也不像啊……送货失误的事情，我听说了。乙黑啊，你是不是对别人不太关心？还是说你是那种不太会反省的类型，只顾着向前看的那种？”

我感到自己的心脏仿佛被狠狠塞进了一个狭小的箱子里。为了分辨公司每个人的特点，我花了多少工夫在脑中反复记忆他们的发型、服装喜好和声线啊！

“对不起，我现在有点混乱……”

“振作一点！记得向蛯原好好道歉啊。”

我含混地道着歉，狼狈地逃离了现场。回到自己的座位后，旁边的派遣大妈吐出一句：“道歉的时候连对方的脸都不看，你今年几岁啊，乙黑小姐？”

派遣大妈的话虽然刻薄，言语本身却没有任何毛病。如今我在他人眼里，就是一个闯了大祸，结果却连对方是谁都没搞清楚就匆忙道歉的人。

那天，我按时下班离开了公司。

当初我从工作的第一家大公司辞职，就是因为自己身为销售，却由于这个病而记不住客户和同事的脸，无法进行正常的沟通。

而这次的失误本身跟病没有关系，是我自己的能力不足导致的。然而在善后时，这病又来碍事了。话说回来，如果我能更冷静地观察对方的举止，这样的事故本是可以避免的。

我开始怀疑自己，觉得自己一无是处。我把任何问题都归咎于病症，但其实，或许只是我自己的能力不足、价值不够而已吧？

倘若如此，我剩下的人生，又该如何度过呢？

回到家，只有我一个人，什么菜都不想做，就用便利店的意面随便对付了一顿。我好想见翼啊。

时间到了晚上九点，我觉得这样下去我甚至都无法迎接明天，于是冲出了家门。尽管我很清楚这样不好，会给对方添麻烦，但还是忍不住拨通了他的电话。

“喂——”

“你现在能来找我吗？”

“现在？”他有些困惑，“我现在正在参加部门的聚会……”

“拜托了。”

“……你在家吗？”

“我刚出门，正打算去衿架桥。”

“那边不远，我应该能过去。我找个机会溜出去，你等我一下。”

一般来说这种要求把对方惹生气都毫不奇怪，但翼的语气听起来却似乎完全没有考虑过拒绝。我很高兴，感到自己仿佛得到了肯定。

我沿着工厂旁的小巷朝衿架桥走去。这条路只有稀稀疏疏的路灯，比较昏暗。我平时都不太愿意走这条路，不过它是条近路。

突然，我意识到一个问题——翼刚参加完聚会，会不会不是刺猬头，而是把头发放下来的状态？

糟了，我没有把握能认出他的脸。虽然手机里存着他的照片，只要看照片的话我就能记住五分钟，大不了我就一直盯着手机看。可是，人在夜间和白天的样子差别很大，而我也没有在这种昏暗的环境下拍过他的照片。

虽然路上的行人不多，但偶尔还是有情侣路过。我聚精会神，不放过任何一个人的细微动作。每当听到混杂水声的脚步声，我都会忍不住吓一跳。我可不想成为一个主动把别人叫出来，结果还一副茫然地等着对方先打招呼的女人。我希望在他进入我视野的第一时间就认出他，并为之欣喜。

十五分钟后，翼出现了。

我一眼就认出了他，毕竟他那刺猬头实在太显眼了。西装搭配刺猬头，这种组合倒也别有一番风味。

“抱歉，突然把你叫出来。我就是太想见你了……话说，你平时工作都顶着这个发型吗？”

听了我的问题，翼哈哈大笑，说当然不可能。

“刚刚听你的声音感觉不太妙，所以我就想着以你喜欢的造型出现。”

我心间一暖。他能察觉到我的处境，并为之做出行动。这已经超出了我的预期，让我感到既高兴又骄傲。

我们坐在桥中央的长椅上，我一边喝着翼买来的微糖热咖啡，一边向他倾诉我今天出的洋相（尽量避开了病的内容）。翼全神贯注地倾听，这是现在的我最需要的。我并不需要他的意见或建议，只是想要他静静地听我诉说。

“大不了就辞职好了。”

翼听完我的讲述后，紧紧抱住了我，用他一如既往的清澈而温柔的声音对我说道。

“不过，就因为这点失误而放弃一切还是太可惜了。包括没能好好道歉这件事，你也再试一次吧。说实话，我觉得这次失误不光是你的责任，检查机制也很有问题，而且销售那边应该也不至于对你生很大的气。至于隔壁大妈的臭嘴，你就当她心情不好，随便替她找个理由，不要太放在心上。”

“谢谢你。”

翼的话语中充满了无条件的肯定和恰到好处的现实考量，温柔地回荡在我的耳畔。我又能向前看了。

“抱歉在你聚会的时候叫你出来，你要回去吗？”

“我假装自己肚子疼得要命跑出来的。今天，我可以住你家吗？”

“当然。”

我依赖上了他。我自己偶尔会有一个人无法坚持下去的时候，亟须一个依靠的对象，而翼拥有足够的力量支撑住我。

*

十一月中旬，气温骤然转冷。我一边想着一周年纪念日要送什么礼物，一边逛着郊区的几家杂货店，可始终没能找到心仪的物件。

十月份我生日的时候，翼送了我一对珍珠耳环，还觉得单是一对耳环显得不够分量，特意加了一盒让・保罗・荷云[1]的夹心巧克力。当然，我在七月份翼过生日的时候也送了他差不多价格的礼物。不过我生日才刚过不久，我总是忍不住对比他送我的礼物，心想着不能输给他。

回到麻衣町中心贯彻南北的主干道时，我发现一条岔路口聚

---

[1] 让・保罗・荷云：法国高档巧克力品牌。

集了不少人，好奇心驱使我走了过去。

随着我逐渐走近，音乐和麦克风的声音传了过来。配合着宁静的钢琴和打击乐伴奏的，是没有音调的人声讲述。这是一种类似于诗朗诵的表演形式。

围观的人群其实也只有两排，前排的人坐在地上，所以我可以看到表演者的模样。那是一位头戴针织帽，打扮得像个说唱歌手的男子。

在日复一日的工作中挣扎求生，曾不屑一顾，却像一只秋蝉，不知不觉就深陷其中。我已记不起最初的梦想，生活的琐碎让我忘记为何而活，让身为诗人的我逐渐风化。也罢，化作风沙亦是诗人的本愿……不！不对！诗人不应化作一阵风，诗人要掀起一阵风，不应解读潮流，而要成为潮流本身，用四个字来说就是“摧枯拉朽”。我来到这世上是为了摧枯拉朽，拿起麦克风也是为了摧枯拉朽。想必你们也是吧？想必你们也是吧？那边的小哥、小叔，那边的两位小姐姐……恐怕没有人此刻正站在人生巅峰心想事成。为了填补差距，那就去抢回思想，唤回灵魂。工作之外还有创造，无论何时，它们都像形影不离的同伴，有着深刻的羁绊。古人有云：能改变自己的唯有自己的言语和习惯。带着全国巡演的气概，迎接地狱般的终点站。不要以为会输给专业人士，工作的时间亦为养料，伸出的翅膀已经烧焦。我要向前跑，跑到脚底的草鞋磨穿，跑到自己化身为风……

他的声音似乎经过了某种效果器的处理，就像机器人一样，犹如怒涛般地不断念出唱词。他环视着每一名观众，就像挨个搭话似的进行着表演。偶尔会像是突然想起来了似的加上一些韵脚，听上去还像模像样的，也聚集了不少观众，但我还是欣赏不来。

虽说我不讨厌说唱和诗朗诵，也觉得它们与短歌有相似之处，可我实在受不了那些张嘴闭嘴都是梦想的那种说唱歌手。过了三十岁，应该考虑的是现实。就像我知道自己不可能成为一名职业歌人，所以才把创作短歌当作爱好去参加歌会。

曲子进行到一半的时候，我就转身离开了。至于送给翼的礼物——挑个适合冬季的围巾或是手套之类的总不会出错。

*

一周年纪念日是二十日星期一，所以我们决定提前到十九日庆祝。我本打算自己下厨，但又觉得还是去外面的餐厅享用美食会更加幸福，所以就去了我们第一次约会时的寿喜烧店。

“一年过得真快啊。”

“是啊，一眨眼就过去了。”

我们相对而坐，店员在一旁麻利地准备着食材。在甘甜的气息中，我们庆祝着一年时光的流逝。

“当时能鼓起勇气向你搭话真是太好了。当然，也是因为你写的短歌实在是太棒了。”

“哎呀，要是你没找我搭话，我想我也会主动去找你的。”

我们怀念起一年前的场景，话题自然地转到了歌会上。

“最近你都没去歌会了吧？”

“总觉得，最近都没有创作短歌的灵感。我啊，在幸福的时候反而没有创作的感觉，只有在经历痛苦的时候才写得出。”

“我还想再听听你的短歌呢，莉莉好像也一直盼着你去。”

“承蒙夸赞。”

我夸张地双手合十，表示感谢。

翼见状耸了耸肩，说：“这都是啥啊。”

“我和垂水经常在聊天哦。我现在正好在认真学博多腔，你就等着吧。”

“那只是类似于玩笑话的啦。你不用那么当真的。”翼微微一笑。

我习惯蘸着很多蛋液吃寿喜烧，到吃完的时候，我已经用掉了三个鸡蛋，翼则用了两个。我瞅准时机，从包里拿出了礼物。

“这是这一年来我对你的感谢之意。信你就回家一个人再读吧，不然我会害羞的。”

“啊，真的吗？抱歉，我什么都没准备。”

“没关系。这是我的心意，毕竟受了你那么多照顾。”

翼小心翼翼地打开包装，里面是我苦恼了很久之后才想好的礼物——一顶白色的针织帽。我觉得它很适合翼，而且即便他把头发放下，我也能更容易地辨认出他来，可谓一举两得。

“谢谢。”翼面无表情地说道，“我会在家里读信的。”

与平时不同，他脸色僵硬，并没有对我微笑。我感到一丝反常，难道我是触到了他的什么逆鳞吗？

然而，翼很快又恢复了笑容，音色洪亮地说道：“下次我也准备一点礼物作为回礼吧。”看来我刚才是多想了。他很快就转移了话题，那副面无表情的样子也从我的脑海中烟消云散了。虽然我的胸中还隐约残留着一丝忧虑，但这份忧虑也随着表情的记忆一起逐渐扩散，变得模糊，最终消失不见了。

*

“我说，你干脆向他求婚算了？”

最近，作为没去歌会的替代，我每周都会和垂水通一次电话。目的之一是练习博多腔，但讨论的主要话题还是关于我的结婚意愿。

“真的？这倒也可以哦。”

“翼那家伙，从小就不擅长表达自己的想法。就连表白，估计也是从来没有试过。或许正因如此，他才会喜欢诗和短歌的吧？通过诗和短歌的媒介，他就能把想说的话表达出来了。”

一想到自己就是那个超级稀有的表白对象，我竟开始有些沾沾自喜。

“果然，还是应该主动出击吗？”

“奈实你是想要孩子的吧？说实话，你也该考虑一下身体因素了。就算你们结了婚，也会想要享受一两年的二人世界吧。如果那时再开始行动，你都三十三到三十四岁了。三十五岁之后想怀孕是很辛苦的，我有个朋友才二十多岁，她都说没什么会比怀孕更辛苦。”

“你说得这么具体，我都有些心跳加快了。”

垂水的话很有说服力。她那种抑扬顿挫的语调，能够突出话语中的重点，让人觉得这个人真的有认真思考过。无论是歌会时，还是在讨论结婚的话题时。

“下周就是平安夜了，你可以趁机向他求婚嘛。”

“如果要挑个特别的日子，果然还是平安夜合适。”

“没必要准备一百朵玫瑰之类的，那太夸张了。你只要真诚地表达出自己想要结婚的意愿就行，翼会答应你的。”

跟垂水聊天时，我总是会情绪高涨。原本还不温不火的结婚意愿，被她这么一怂恿，立刻就像加进一块烧红的石头似的沸腾了起来。

通话结束后，我开始策划求婚方案。我认为不需要太过戏剧性的安排，也无须由我主动送上戒指。不过，我还是希望能制造一些浪漫的氛围。

翼向我表白的场景是不是可以反过来模仿一下呢？不过这很有可能会吓到他，还是稍微温和一点吧——我正想着这些有的没的，突然响起了新消息的提示音，是翼发来的。我们之间早已不是那种还要顾虑已读不回的关系，所以我直接点开了信息。

“希望你能跟我保持一点距离。”

短短一行信息，让我的世界瞬间颠覆。

*

做出决断就像下雪。

雪崩的发生不是一朝一夕的事情，而是量变引发质变的结果，只有从线而不是点的角度去观察，才能理解事情的真相。

我立刻打电话过去，却始终无人接听。我意识到现在的僵局不是光凭文字就能打破的，所以措辞谨慎地发去一条信息：“接个电话吧。”

这次总算是打通了，我也终于明白了事情的原委。

那天在主干道表演诗朗诵的人，就是翼。

他戴着针织帽遮掩了发型，通过效果器改变了声线，再加上与平时不同的表演方式——当时在现场的，是我从未见过的翼。

翼似乎察觉到我在人群中，也注意到我只是驻足观看了一会儿便匆匆离去。在他的眼中，我就像是一个发现恋人偷偷进行街头表演后立刻离开的女人。不仅如此，之后见面时我还对此事只字不提，甚至还仿照他当时的打扮，送了他一顶类似的针织帽。

这样的行为，已经超越了让人讨厌或难受的程度，甚至有些可怕了。

我目睹翼在街头进行诗朗诵是在买纪念日礼物的那天，当时才十一月中旬。我送上礼物是在十一月十九日。从那时起，一直到今天，翼的心里一直在飘着雪花，不断积攒。他与我相处的日子里，某种不对劲的感觉一直如鲠在喉。

“我真的没注意到那是你。我要是知道那是你，一定会跟你说起这事的——而且你的诗朗诵真的很棒。”

“骗人，我们明明都对视了。而且你很快就离开了，哪里是觉得很棒的样子？这也罢了……但后面你竟然对此只字不提，看来是根本不想见到我当时的样子。”

“我真的以为那是别人……”

“还有针织帽，就像是在嘲讽我似的。我真的害怕了……”

“不是的！我没有那个意思，我是——”

“那你是什么意思？”

他干脆地打断了我，我再也无语为继。要是在这里说错任何一句话，我和翼之间或许就再也不会有任何关系了。

我想告诉他我的病情，可却想不到好的说法。在此之前，我曾无数次得到过“我其实也记不太住别人的脸”“试试情景记忆吧，跟某种事物结合起来记忆就不容易忘，也更容易想起来”之类的并未理解问题本质的答复。即便我向翼坦白这件事，他又能准确地理解并接受吗？

换作是平时，他一定会认真询问我的症状，也会理解我保守秘密的原因。可是现在这种状况……恐怕我的解释怎么听都只是苍白的借口。

面对我的沉默，也不知翼究竟作何理解。他说了声“晚安”便挂断了电话，听筒里的沉默刺得我鼓膜生疼。

*

整整三天，我一直在饱受无法与翼取得联络之苦。工作时，我的大脑一片空白，仅靠分出来的一部分事务处理能力机械性地完成着工作。每天按时回家，一个人的孤独时光仿佛永远也没有尽头。

我此时才意识到，自己竟然不知道翼住在哪里。我们平时一直是在我家见面，一次也没去过他家。他总说自己家里很乱，但我猜测他其实是不想让我看到家里的音乐设备。我也不是不能理解他愿意让我欣赏自己的短歌，却不想被看到说唱和诗朗诵的心理。毕竟，实时表演跟已经离开自己掌握的文字相比，被评判时的喜悦和难过都不是一个段位的。

大街上，平安夜的氛围越来越浓，而我的心情却渐入谷底。我无意去找垂水商量，而千织也忙得不可开交，我也不好意思打扰她。难道我们之间就这样不了了之了吗？这一年来的所有，都将成为回忆吗？

不，我绝不允许这种事情发生。尽管他不接我电话，但我不能接受还没有当面说过一句话就这么分手。

没有色彩的日子里，终于出现了一丝变化。差不多是他对我保持距离后的第三天，我在街上走着，忽然被一个男子抓住了手。他有着一头银发，感觉上像是个外国人，他好像知道我的病情似的。我正好有一大堆想要倾诉的话语堵在喉咙里说不出来，便打开了话匣子，全都倾诉给了这位陌生的青年。

青年自称拉库亚。在咖啡馆里，我花了一杯普通大小的咖啡中冰块全部溶化的时间，向他讲述了自己的状况，趁此机会也理清了自己的思绪。拉库亚自然是没能提出什么具体建议，但至少我重新唤起了斗志，决心按照原计划在平安夜向翼求婚。

我虽不知道翼家住哪里，但知道他的公司地址。平安夜当天下班后，我几年来第一次坐上出租车，来到了这座城市层数最多的一栋写字楼前。这栋楼有多个出口，但他应该会从南侧的正门出来。

我久违地把头发烫卷，戴上了比平时更多的首饰，还用遮瑕膏盖住了眼袋和黑眼圈。从外表上看，我应该像是个为了平安夜约会而精心打扮的女人，但对我来说，这次是不成功便成仁。

我一直在等待。为了保持风度，我穿的大衣并不怎么防寒，手上已经冰冷彻骨。我虽然给翼发了消息，但一直显示未读。

等着等着，我想起了去年的平安夜。那时我们才刚刚交往一个月左右，他说自己喜欢四字熟语，于是我们玩起了四字熟语版的飞花令，结果我连输三局。不过最后我还是赢了“喜欢的歌人”这个主题，至于“诗人”这个范围更广的主题，我们则打了个平手。现在想想，我们还真是一对古怪的情侣，但那些时光都是我最幸福的回忆。哪怕穷途末路，我也要孤注一掷，我希望能当面跟他解释清楚，消除他的误解。虽然我还特意去学了翼喜欢的四字熟语，但如今也只能想出这样的丧气话。

然而，一个小时过去了，翼还是没有出现。难道他在平安夜还要加班吗？等待的时候，每隔五分钟我都会看一次翼的照片，记住他的面容。每次看照片时，我还会检查一下消息，然而却一直显示着未读。我发的内容很短，即便没有点开，应该也能在通知栏显示出来，所以我也不能断定他没看到。

差不多到第十五次查看消息时，手机屏幕突然变暗，显示出了“冬木翼”的名字——是翼打来的电话。

“喂……”

“你在做什么？”翼的声音冷冰冰的，“你还在等着吗？”

“我一直在等你。我希望，解开误会，那个……”我吞吞吐吐，说不出一句完整的话。想说的内容在脑海中挤成一团，争先恐后地往嘴边蹦。

然而，翼直截了当地打断了我。

“你回去吧，别着凉了。我已经出了公司，走到车站了。”

我浑身僵硬，难道我又看漏他了吗？

翼仿佛是为了回答我的疑问，说道：“我看到你在正门等着，就从后门走了。快回去睡觉吧。”

“我！”

眼见他就要挂断电话，我情急之下提高了音量。

“我会在衿架桥等你！我会一直等你！”

我的声音太大，惹得周围的路人都看了过来。我仿佛要让所有人都听到似的，大声喊道：“无论几个小时，我都会等你的！”

“回去吧，晚安。”

电话被挂断了。

周围的人群嘈杂。

手中的手机悄无声息。

我从一个不知道是制造什么，也不知道是否已经废弃的工厂旁走过，向衿架桥走去。然而，途中我忽然产生了一种难以言喻的不安，便不由自主地坐在了路边的长椅上。

翼不喜欢我这种将自己作为人质的行为。每当我像这样宣称“我会等你”而对他施压的时候，他通常是不会来的。他这是为了避免我养成滥用这种方法的习惯。

所以——今天，他也很有可能不会来。

“可能会就此结束”的想法涌上心头，我还没来得及道一声不妙，眼泪就冲破了自尊的大坝，决堤而出。我任凭泪水在脸上泛滥，静待时间流逝。风吹在濡湿的脸庞上，冰冷无比。

按照经验，我知道哭泣会消耗卡路里，让人平静下来。我冷静下来后，开始思考翼给我打电话的用意——他可能只是觉得我一直等在那里很可怜。今天的最低气温是零下 2 度，可想而知桥上会更冷。从我打电话时的情绪来看，翼应该能猜到我会在桥上等他。他会放任我不管吗？

他很有可能会来，现在还不是放弃的时候。

我站起身，继续朝桥那边走去。十分钟后，我到达了目的地。我登上桥，又从对岸下去，姑且看了看周围的情况，但并没有翼的身影。

如果他当时已经乘上电车，那么距他赶到这里还有一段时间。我做好了持久战的准备，顺路去附近的便利店解决了内急的问题，还买了一瓶热麦茶。

正当我准备返回桥上，中途穿过一个停车场时，突然听到了一个声音。那是一个低沉的男声，奇妙地被我听了个正着。

“出什么事了？还打我这个私人电话……啊？鳞形死了？”

听到这个危险的词语，我不由得捂住了自己的嘴，动弹不得。

“自杀？等等，你没瞎扯吧？说说具体情况。”

男人倚着车站在那里。如果我继续穿过停车场的话，无疑会被他看到；但假如我退回去，也有可能会映在后视镜里。更重要的是，我必须穿过一片砂石地，要是被发现就糟了。电话里的内容明显不寻常，这个黑道男似乎正在给部下下命令。什么把脸砸了，脱掉衣服什么的。每听到一个危险的词语，我的身体都会一激灵。

“放心吧，我一定会处理好。这是最糟糕的逆境，也是绝佳的机会。把你拉进这个世界的人是我，我会负责让你脱身。琉璃也……你要好好活下去。”

说着男人挂断了电话，离开了。我感觉他仿佛讲了三个小时，拿起手机一看，才过去了十五分钟，甚至还没到晚上八点。我庆幸自己没被发现，拖着因恐惧和寒冷而颤抖的双腿，回到了衿架桥。

*

时间已经快到十点，然而翼还没有来。手中的热麦茶早已彻底冷却。

离平安夜零点只有两个小时了，我以为一切都结束了，脑海中只剩下和翼有关的事情。

世界在我眼中，仿佛失去了颜色和声音。

突然，手机铃声打破了我的幻觉，我连看都没看就接通了电话。

“你该不会，还在那等吧？”

翼的声音震动着我的鼓膜，我莫名感到一阵轻松，随口回道：“……你该不会，以为我不会等吧？”

翼叹了口气。电话里传来了车辆经过的声音，他似乎在外面。

接着他一口气说了一大通：“朋友说衿架桥附近正在冒烟，该不会是你纵的火吧？太危险了，快离开那座桥！”

“等等，难道你以为我是那种会纵火的女人？”

“行了！你那边也能看见吧？烟很大，不知道发生了什么事情。”

“……的确有一阵烟……那是什么？好像建了一座塔，那里有这玩意儿吗——”

“你在干什么啊？！”

背后突然传来清澈的呼喊声。我慢慢转过身，只见翼拿着手机抵在耳边，站在那里不住地喘着粗气。他的刺猬头在空中摇摆。

“我都说了我不会来的吧！”

“……还不是来了。”我犹豫了一下，还是忍不住说道。

我以为自己又火上浇油了，结果翼却叹了口气。

“总之，先离开这里吧。烟雾太大了，很危险的。”

“等等，我必须待在这里。”

“听我的——”

就在这时，天空传来一声巨响，仿佛连桥梁都在晃动。伴随着轰鸣声，夜空中的黑暗被瞬间驱散，一朵绚烂的烟花在空中绽放。为什么？

我和翼几乎同时，用同样的音量、同样的语气吐出了七个字：“严冬腊月绽烟花！”

烟花如雨滴般落下，留下一道道痕迹后消失不见。周围再次陷入了黑暗。

翼看着我的脸，他的表情中五味杂糅，充满了各种情绪。这是我五分钟后就会忘记的表情。

“我有话要跟你说。”

翼歪了歪头。虽然我不明所以，也不知道是谁在做什么，但我还是非常感谢那位燃放烟花的人。我们俩的邂逅，就是从“严冬腊月绽烟花，炎炎夏日彻骨寒”这句话开始的。

再没有比这更棒的舞台了。我又想起了刚刚那位黑道成员说的那句话：这是最糟糕的逆境，也是绝佳的机会。

“你先听我说。”

最初隐瞒自己与北渡濑的分手原因是一步臭棋。我从一开始就应该信任翼，向他坦白一切。

“你要说什么……”

“关于我的病。虽然可能会有点长。”

我直视着他的双眼，并未逃避。

“说完之后，我会向你求婚。”

尾声

“好久不见，母子平安真是太好了。上次见面还是你的婚礼吧？”

“是啊，说起来确实是好久了。”

“先容我道上祝福……恭喜你！没想到奈实也当母亲了，真是感慨万千，我都快哭出来了。”

“好啦好啦，谢谢。你才不会哭呢。话说，你把黑白头染回来了倒是说一声呀，差点没认出你来。你该不会，不做侦探了吧？”

“啊，忘记跟你说了，其实我已经辞职差不多一年了。”

“怎么又不干了？”

“唉，理由有很多……主要还是我那枚戒指的收款方女孩消失了。她的父亲失踪了，所以我才付给了女儿，结果连女儿也失踪了。”

“哎呀。”

“虽然收到过一条像是她本人发来的信息，倒不是什么大事……总之因为这事，我已经没有理由再努力赚钱了。”

“对了，你关心的那名女漫才师怎么样了？当时还是我告诉你的，就是尼姬奖杯那对组合。”

“啊，自然是后患无忧了，我赚钱就是为了帮助那样的年轻人嘛。我用两倍的市场价买下了她的房子。”

“要是下次 M-1 能闯入决赛就好了。”

“今年她的状态看上去还不错——说起来，我今天是过来送这个的，应该算是怀孕贺礼？恭喜你。”

“哇！谢谢。没想到你还有这心思。”

“不介意的话，我可以替这孩子取个名吗？”

“抱歉，名字已经定好了。”

“是吗？真遗憾。”

“你看，我之前不是说过吗？翼喜欢四字熟语，所以想从四字熟语中取两个字。他还说希望未来这种取名方式能流行起来。”

“四字熟语的名字？那不是没多少吗？不过想想也是，像樱花烂漫之类的，对哦。”

“就是就是。我们找了找，想到了一个好名字。”

“这么说，那孩子叫什么？”

“是个很奢华的名字哦，里面还包含了两个季节呢。”

“怎么说？”

“……千秋。那孩子的名字，叫冬木千秋。”